没有一个梦想可以纸上谈兵

林一芙 /著

新世界出版社
NEW WORLD PRESS

图书在版编目（CIP）数据

没有一个梦想可以纸上谈兵 / 林一芙著．－－北京：新世界出版社，2017.3
ISBN 978-7-5104-6118-7

Ⅰ．①没… Ⅱ．①林… Ⅲ．①散文集－中国－当代 Ⅳ．① I267

中国版本图书馆 CIP 数据核字 (2017) 第 009334 号

没有一个梦想可以纸上谈兵

作 者：林一芙
责任编辑：吴伶伶 周 帆
责任校对：宣 慧
责任印制：李一鸣 程国鑫
出版发行：新世界出版社
社 址：北京西城区百万庄大街 24 号 (100037)
发行部：(010)6899 5968 (010)6899 8705（传真）
总编室：(010)6899 5424 (010)6832 6679（传真）
http://www.nwp.cn
http://www.nwp.com.cn
版权部：+8610 6899 6306
版权部电子信箱：nwpcd@sina.com
印 刷：北京市通州运河印刷厂
经 销：新华书店
开 本：880×1230 1/32
字 数：200 千字 印张：8
版 次：2017 年 3 月第 1 版 2017 年 3 月第 1 次印刷
书 号：ISBN 978-7-5104-6118-7
定 价：36.00 元

版权所有，侵权必究
凡购本社图书，如有缺页、倒页、脱页等印装错误，可随时退换。
客服电话：(010)6899 8638

不用害怕，因为是人，所以才会痛苦。

当手里的每一张牌都是坏牌，想要赢一把的唯一办法就是**打破游戏规则**。

梦想不是**清汤挂面**，而是星辰大海。
所有途中磨坏的鞋子，就当它们是**甜蜜的犒劳**。

目录

01	前记	001
02	鲁本的秘密	005
03	赚钱大计	008
04	成为一个臭烘烘的小孩	011
05	河那边的人	018
06	中秋的决裂	024
07	硬纸彩票	030
08	我们撒谎了	037
09	拾贴纸	046

没有一个梦想是可以纸上谈兵的。
想到梦想立即行动，趁着兴奋感还未完全消磨殆尽，不要错过最佳的时机。

当我们谈人情的时候，请先坐下来谈谈规则。

10 面对误解............052
11 同学"雇用"了我............058
12 别人的白眼............064
13 梦想是一块舔不完的糖............073
14 躯壳比梦想更重要............079
15 河对岸的少女............085
16 陈老师............093
17 这世界不温柔，你得对自己好............105
18 指路者，摆渡人............116

梦想是一张**护身符**，给你的不断尝试**保驾护航**。

用来**克服孤独**的时间，才是加速成长的开始。

在**人生**这场马拉松赛道上跑最久的人，才是真正的**赢家**。

19	和流浪汉抢生意 124	
20	看店 133	
21	我们努力赚钱，为什么要被叫作贱人 140	
22	好老师，坏老师 146	
23	寄托心愿的洋娃娃 155	
24	收购站的灰衣少年 160	
25	一楼有个特教班 168	
26	小狗波仔 175	
27	"锦鲤叔叔"和"气模阿姨" 186	

莫欺少年穷

28	被排挤的"钱袋"少女..........196
29	"不够聪明"的孩子..........202
30	竞争,竞争,还是竞争..........206
31	经验的力量..........214
32	催债小行家..........223
33	节日里,我们卖东西..........230
34	最后的礼物..........241

01 前记

【梦想不是清汤挂面,而是星辰大海。即使孑然一身,也要努力奔跑。所有途中磨坏的鞋子,就当它们是甜蜜的犒劳。莫欺少年穷!】

我不知道是不是还有人能清楚地记得第一次做梦是什么样的感觉。

就像问一只蝴蝶记不记得它哪天大梦初醒,发现全身已覆满了蛹片,又是怎样艰难地从茧上的小口挣扎而出。

我从不忌惮把梦想描述得如此具体而可怖。因为当你第一次独自直面梦想的炽热,除了欲火焚身的灼烧感,必定还伴随着一种历久弥新的痛感。

2015 年的夏天,我从医学院毕业,带着自己写的剧本,跟着之前在剧团工作认识的朋友去了横店影视城——一个被称为"东方好莱坞"的地方。我一度执着地以为自己会碰到一些机会,但是很遗憾,我讲故事的能力很差,并不是一匹配得上伯乐垂青的红鬃烈马。

端午节那天,我和剧组的朋友喝了点小酒,一群人借着醉意在每月三百块租来的民房里引吭高歌。后来唱累了,就有人蜷在脱漆的墙角,借着醉意呜呜咽咽地哭起来。

2015年6月16日,也就是端午节前四天,尔冬升导演的《我是路人甲》在横店办了提前放映专场,我们都在试镜跑组或拍戏的路上,唯一一个去现场看首映的是月牙,结果,端午节这天哭得最响的也是她。

来横店的时候,她是个无人问津的小演员,后来更加无人问津,甚至一度无法养活自己,就去给另一个全无名气的小演员做生活助理。每天抱着折叠椅,挎着化妆包,裤兜里插着剧本,为别人打伞、擦汗、榨汁、煮饭。

去看首映那天,她的艺人正好没有戏,她边看边帮她的艺人画台词。一共四场戏,漏画了五句台词。

"谁的梦想会是给人倒水、擦汗、打伞啊……"她掩面哭道。

这么失败的人生,一定不是她十岁时在艺校昂首挺胸地摆着芭蕾手位时所想象的样子。

大概是酒精作祟，坐在旁边的沈涛突然拍案而起，吼着月牙："你瞧瞧自己说啥玩意儿，咋这么不能吃苦，咱来这儿为啥？为梦想吃点苦算啥？晒脸！"

我喜欢听沈涛说话，他是东北来的，那烈性的北方激素，从语言到身板都给我这南方人带来了强烈的撞击。这三百块每月的出租屋是沈涛租来的。租的是村民的旧屋，距离镇上比较远，他自己买了人力三轮车，每天早上呼哧呼哧地往镇上的剧组蹬。没戏拍的时候，他就外出拉活儿。据他说，在镇上的景区蹬一天三轮，赚的钱比那点儿零星片酬多得多，但他还是愿意拍戏。曾经有段时间，来横店的剧组少，他每天踩三轮，踩坏了几个脚蹬子，于是用他那东北腔慷慨激昂地对我说："老妹儿，哥以后要是换个四轮的，给剧组开专车咋样？"我坐在他的破三轮里，随着惯性左摇右晃着，回应他："这算哪门子梦想，还不是离不开剧组。"

沈涛就这样和月牙较着劲儿，一群人就窝在出租屋里看着他俩较劲儿。异乡的端午，醉后的场面混乱至无法收拾。房间里没有热水器，醉了的人到门口的公共浴室拧开水龙头，对着脑门儿一顿冲。

之后大家不约而同地说起自己关于梦想的故事。轮到我的时候，沈涛说，甭问了，这姑娘没受过苦，日子都安安生生过着，过阵子就回去了。

我平静地把手机里的一份扫描手稿递给他看。那是我十岁那年写的日记，足足一百多页。

"也让我讲讲我第一次有了梦想的故事吧。"我说。

这本日记从 2004 年开始，那一年我十岁。如果不是这本日记，我大概不会相信自己曾经在面对梦想时竟如此无所畏惧。整整一年，为了一个在现在看来不值得一提的梦想，扛着破袋子走街串巷拾垃圾，在学校里卖自制奖券，帮同学写作业、提书包，在大街上扯着嗓门叫卖，在打工的店铺里和色鬼老板斗智斗勇，被老板娘拽着头发赶出店，在无数人的白眼里想尽一切办法赚钱。

之后的十年，每当我遇到恐惧、怯懦时，都会翻开日记，去看这个眼神笃定的少女。我时常感慨，为什么这个十岁的孩子字里行间对于冷眼谩骂、嘲笑与误解毫不畏惧。后来我想明白了，这或许就是人类面对梦想时最本真的状态，就像童年时你想要心爱的玩具，虽然无人教导，但你一样会声嘶力竭地哭喊索要。

怪只怪，梦想不是清汤挂面，而是星辰大海。所以途中磨坏的鞋子，就当它们是甜蜜的犒劳。

我想把这本拾荒日记展现给所有在追梦路上的人。如果人生再来一次，我或许没有那年的她勇敢。

02 鲁本的秘密

【梦想的契机可能始于一本书、一部电影、一幅画或是一个人,但我始终认为,那只是在无意中调动起了你内心的共振。如果你的心里没有一个角落与之契合,那无论如何都无法激起你的梦想。】

2004年9月,我在福州的一所农民工子弟学校上五年级,终于"媳妇熬成婆",以最小的年龄挤入了高年级的行列。

这原先是一所师资不错的区域性学校,却在我三年级的时候突然挂牌成了"农民工子弟学校"。三年级前的同学大多都转学去了当地更好的学校,学校新迎来了一批被允许不用买校服的转学生:父亲是泥瓦匠的阿彬,全家住在水果店里的英子,家里有"七仙女"的二维,奶奶推着炉子在校门口卖炸粿子的大宝。

他们的生活在一个五年级的城市孩子看来，是充满新鲜感和神秘感的。他们玩过许多我未曾玩过的游戏，像是用铁棒焊成的推拉环，杀鸡时留下来的鸡毛做的毽子，用自行车的橡胶带做成的跳皮筋。他们吃过许多我未曾吃过的东西，例如一包一毛钱可以舔一下午的辣条，吃完后整个嘴巴染得紫溜溜的变色糖，从小卖铺的红盖子破塑料桶里取出来的皮球状泡泡糖，五毛钱两片可以无限量浇汤和加香菜的臭豆腐……

我很快和他们成了朋友，这一切使我觉得五年级的生活有趣极了。

五年级的课文，在我那只有四年级文化程度的脑海里也是极其新鲜的。

我从小就不像别的女孩儿习惯把书规规矩矩地包上书皮，新书发下来后，我总是抵不住满腔好奇要把它翻个底朝天。

语文课本某一单元某一章有一篇课文，名叫《鲁本的秘密》，讲的是一个叫鲁本的小男孩儿为了给母亲买生日礼物辛苦攒钱的故事。

"鲁本欢快地叫着，跳到母亲身旁，把用纸包着的小盒子郑重地放在母亲的手上，那手因日夜操劳已变得粗糙，母亲因这突然来的东西变得有些颤抖……她打开盒盖，泪水顿时模糊了双眼……"

课文里的一字一句都充满了我尚不能理解的情愫——母亲为何要颤抖，又为何泪流满面呢？

印象中，我的母亲性情稳若泰山，做事雷厉风行，在人生拐角处做决定也从不拖泥带水。她很可爱，从来不轻易哭泣。我小的时候，她时常在睡前讲煽情的童话故事。当我为那些生死离别潸然泪下时，她总是微笑着看我，似乎那些剧烈的情绪波动都与她毫无关系。

我突然酝酿起一种神奇的冲动，就像体内汹涌起一股泥沙俱下的怪力：若我做了鲁本做的事，母亲也会如此激动到不能自持吗？

可我很快打消了这一想法。

我才十岁，没有钱，也不会赚钱。

03 赚钱大计

【找到第一个通往梦想的关卡是很重要的,找对合适的渡口和摆渡人能让你在实现梦想的途中事半功倍。我赢得了通往梦想的第一张船票,鞋子里还踩着水花就急急忙忙地登上了船……】

我第一次鼓起勇气吃臭豆腐是在晋安河的桥头。

福州分为五区八县,晋安河是贯穿晋安区和鼓楼区的一条内河。我吃臭豆腐的那年是2004年,还没整治过的内河比臭豆腐还臭。

我和二维就站在夏天的桥头,就着从内河里吹来的臭风,吃五毛钱两片的臭豆腐。她吃完了就把一次性塑料杯往老板面前一摆:"把汤加满,辣子要两满勺,香菜我自己来加。"

然后她摸摸裤兜,掏出一块钱甩在臭豆腐铺的小推车上,指着我说:"连她那份一块儿付了。"

我目瞪口呆,敬仰之情如同滔滔江水,瞬间视她如救世女英雄。

回家的路上,我极尽阿谀奉承之能事。古有"不为五斗米折腰",而年少的我并无此英雄气概,区区两片臭豆腐就已折腰跪地。

后来的事证明,这折腰跪地之举并不是无用功。就在那天,我从二维那儿收获了人生的第一本"赚钱宝典"。

她给我算了一笔账:捡一个易拉罐瓶卖到废品收购站可以赚一毛,捡一个塑料瓶可以赚五分,只要每天能捡五个易拉罐或是十个塑料瓶,就可以换一份臭豆腐。

二维说起这些事的时候有些得意忘形,斜眼看着我说:"项瑶,要不是看你这么'忠诚',我也不会把这事告诉你。我在乡下的时候也捡,就是没有城里多,我第一次到学校扒垃圾桶的时候都惊呆了,没想到城里人都不怕被这些花花绿绿的东西喝死。"

啥花花绿绿的东西啊?那是饮料。我心里反驳着,但没说出声,暗喜着终于找到了赚钱的门道。

第二天到学校,我找到王一和阿彬,兴奋地宣布了这一重大的决定。

"我要开始赚钱了。"

"你要钱做什么？"阿彬不解。

"买礼物。"

"给谁？"

"我妈。"

阿彬眨巴着的大眼睛突然闪闪发光。

"那我也要，买给我爸。"阿彬说。

"你们都去，我也去。"我们之中最文静的王一，声如蚊蚁般插了进来。

我们兜里没有一分钱，却仿佛突然从天而降几百万元一般兴奋："我们要开始赚钱了！"

十岁那年，我涨红着脸，开始第一次独自面对一个遥不可及的梦想。那时的我大概会嘲笑十几年后的自己——她居然抱着成摞的手稿，因为不够有勇气，徘徊于无数剧组筹备处的门前。

所谓年少的莽撞与冲动，大概就是：那一天，只因为突然抓住了一根稻草，就想顺流游至湖心，采撷最美的飘萍给挚爱的人。

只因为那根稻草，就敢做一场无边美梦。

04 成为一个臭烘烘的小孩

【没有一个梦想是可以纸上谈兵的。想到梦想立即行动,趁着兴奋感还未完全消磨殆尽,不要错过最佳的时机。第一步,不要去考虑能跨出去多远,踩得多深。你够勇敢,这比什么都重要。】

2004年9月24日 星期五 晴

今天,我和王一、阿彬一起捡垃圾。我们用手一点点的(地)把易拉罐从垃圾堆里扒出来。垃圾堆又脏又臭,还有恶心的残渣和骨头。我们细嫩的手很快也变的(得)又脏又臭。我们把扒出来的易拉罐放到一个抬(拾)来的袋子里,虽然很恶心,我们却像珍宝似的搂在怀里,轮流提着。

在学校里,我们共抬(拾)了1个易拉罐与7个塑料瓶。我们在学校里转了又转,转了好久,在确定没有罐子后,才走出学校。我们先向后走,把每个可能有垃圾的地方都一一盘查(翻看)。每个花莆(圃),我们都刨土,观察。路过的行人都看着我们,像是看稀有动物似的,那目光,好像是看不起,又好像是怜悯。有两个男中学生盯着我们,好像看着四处乞讨的乞丐。我们愕然了。

洋下新村最前面的小花莆(圃)臭气熏天。这里,是老鼠、野猫生存的偏僻地方,也是垃圾最多的地方。花莆(圃)里长着长长的野草和一种带刺的花,蚊子数不胜数。我们小心翼翼地踏入草丛,惊起了几只野猫。找到了!在臭烘烘的垃圾山上,有一个瓶子。为了这个瓶子,我们很小心地踏入草丛,把身子俯下来捡。

终于走完了,我们在校外抬(拾)了5个塑料瓶。我们好不容易从巷子里拖回一个(收废品的)叔叔。我们恳求他多给我们两角钱,叔叔显然不愿意,像看着一群小饿鬼一样望着我们。我们可怜巴巴的(地)求他,恨不得跪下来求他。我们缠着叔叔,叔叔心软了,拿出一块钱,我们恳求他多给我们两角钱,当时,我们只有一角零钱(可以找给他)。叔叔收下了,没说什么,便骑车走了。

我们三个卖了9角钱,走遍了附近的铺子,没有一家愿意给一群脏脏的小鬼头换(零)钱。我们跑到王一家,王一的奶奶犹豫了很久才把钱换给我们,我们高兴极了,把钱平分了,忘了累忘了饿。我们为了这些小罐子累的(得)受不了。疲惫不堪的我一回家便躺在椅子上,再也不想起来了。

总计:1个易拉罐、12个瓶子

合计:9角

分得:3角

2004年9月24日这一天,我们第一次上街拾垃圾,成了一群在别人眼中臭烘烘的小孩。

这是第一天的日记,我将它完完整整、毫不删减地复制下来。我无从揣摩自己当时的心迹,但它无疑是疲惫却兴奋的。

第一天上街拾荒,我们和每个行业的初学者一样束手无策,甚至连装垃圾的袋子都没准备,顺手在垃圾堆里捡了一个。

经历虽然狼狈,但对于三个年仅十岁的孩子来说已经足够振奋人心。

2004年,电视上正热播一部赚人热泪的电视剧,叫《亲情树》。故事主要讲述的是母亲去世后,大姐独自抚养三个弟妹。有一天,三个孩子为了赚钱去大街小巷拾垃圾,后来被大姐拎回家狠狠揍了一顿。

我们虽年少,但隐约能从电视里知道这是件见不得光的事。阿彬、王一和我,相约要保守这个秘密。

阿彬刚从泉州一个叫永春的地方转学过来,据她说,她住的地方盛产芦柑,却没有公路可以到达,想要见到四轮车的影子,就要先走出村再走出山再雇个小摩托到镇上。在我尚分不清柑子、橘子、橙子的年纪,曾经在大夏天望着英子店里大通铺上的橘子,将其想成阿彬家乡成片的芦柑。小时候看过《橘子红了》,也不知怎么就记住了秀禾和耀辉少爷在橘子园里你侬我侬的模样,于是就以为那橘子树真像剧里那样高高大大的,总幻想能和阿彬奔跑在其中,恣意撒野。后来才知道那是剧组特意千辛万苦摘下来后往高树上挂的,以掩盖橘子树本身矮坨坨的惨状。

阿彬的父亲曾经是个泥瓦匠,读过很多年书,在城里干过很多活儿。后来摔断了腿,每天卧在老家的土坯房里,活生生把阿彬的妈妈给吓走了。他们租在离学校有几条街的地方,离我们家也不近,所以我并不担心阿彬走漏风声。

我贪玩,成绩忽上忽下,没个定数。老师总说:"项瑶啊,脑子是很好用,要是能再努力些就好了。"我属于"赞美藏进耳朵,挨批就装耳聋"的人,往往只听了前半句,就自觉聪明,扬扬得意。而阿彬的成绩是扎扎实实的好,甚至比我还好那么一点点。她说自己在老家总是拿第一,而我虽然摆出一副不相信的样子,心里却想着:她怎么能这么厉害,回回都考前几名。

他们家只有一间屋子,灶台、马桶、床、书桌都在那间屋里。灶台挨着床,一到回暖天的时候,天穹似盖,将屋子闷得透不过气时，烧起火来整间屋子都烟熏火燎的。"马桶"其实是个小红痰盂，没有管道连接地下，进进出出都要倒马桶刷马桶。

阿彬的父亲终年卧病在床，但穿着很考究。褥子很干净，就算在回潮的日子里，也没什么难闻的气味。他每天都要挣扎着在床上翻几次身，所以并没有长褥疮。我们去阿彬家找她的时候，多半是看见这样的情景：阿彬爸爸斜靠在床上或是拄拐站在墙边，拿着一根小竹鞭，和颜悦色地对我们说"小同学，你们再等等，阿彬做完作业就来"，回头对着阿彬一甩棍子骂："阿彬，还不快写，没写完不准出去！"

我挺害怕阿彬爸爸的，每次见面都像是老鼠见了猫，飞快地跑掉，生怕那小鞭子落在自己身上。

王一和我一样，是从小学一年级就在这所学校的。她和我住在同一条巷子里，隔在巷头和巷尾。她的脑子比别人慢半拍，说话总是吞吞吐吐的，支吾半天也说不清个所以然来。王一虽然叫王一，但甭说拿第一了，从上一年级起她就从没及格过。在五年级之前，我戴着"二道杠"，总和别的"三道杠""一道杠"玩成一伙，后来"三道杠""一道杠"都转学走了，因为我俩住得近，就成了共同上下学的玩伴。

在小学生心里，同样坐在教室里的学生早已分了梯队，成人世界里的规矩在这里一样盛行。不同的就是，这梯队并没有显得多么重要，一颗糖、一支铅笔就能将它瞬间瓦解。

王一跟着姥姥和姥爷生活。姥姥老了，有些耳背，不论什么时候都是一脸慈祥地看着我们，偶尔从口袋里掏出一张纸币，硬要塞到王一的兜里。休息时她就搬着一张破藤椅，坐在巷子口，边晒太阳边等王一放学。

王一的母亲在远郊的县城做公务员，一周只能回来一次。母亲快要回来的前一天，是王一最紧张的时候。倒不是情感上的紧张，只是小孩子通常都不像父母期望的那般期望父母回来，毕竟父母一回来，就意味着多了一份约束。她的父亲在外地做生意，平时见不到几次。小时候的很长一段时间里，我羡慕王一到了有点嫉妒的地步，以至于在这之后，听到媒体报道"留守儿童"这四个字，我还有些不能理解——爸妈不在身边，该是个多么快活自在的事儿啊！

我对王一还是有些不放心，攥紧拳头，恶狠狠地吓唬她："王一，你千万别和我妈说，否则要你好看！"

"啊？唔……那好吧。"

别看王一平时是闷声不响的，但以她这一触即惊的胆量，说不准哪天被逼问，就说漏嘴了。

曾经看过某部外国作品上形容家庭对孩子的影响，说每个孩子都是脆弱的白瓷杯。它没有釉彩，不盛汤水，有些粗心的家长一接过就失手打碎了，有些家长在不经意间就让杯子有了条裂纹还浑然不知，有些父母安了把手小心翼翼呵护着，却因为那把手让它失去了原貌。

有的时候我观察那些最终达成梦想的人，他们的路越走越宽，也遇到了越来越多的合作伙伴。在与他们合作的时候，我会感受到轻松与舒适，他们说的每一句话犹如春风拂面，都给予另一方百分之百的尊重。

那时候我才发现，成功者之所以成功，是因为他们不但可以孤军奋战，还可以协同作战；可以单枪匹马，也可以带队同行。

王一和阿彬成了我在拾荒路上最初的伙伴。第一天组队，我们揣着三个钢镚儿，带着一身腐化物的臭气，哼哼唱唱地回了家，结束了拾荒的初体验。

我们总被某些"鸡汤"欺骗，以为化蛹成蝶是生命的必经之途，实则不然。某些成长，就像蝼蛄，从若虫化为成虫，只是形貌与心理顺其自然地发展。我所谓的成长，如同破茧成蝶，彻底放弃原来的外形和样貌。它从具体的某一天某个时刻开始，那一刻的布景能随时在脑海里重建起来，原景重现。

05 河那边的人

【实现梦想是你和这个世界更好的接触,我们要接触不同的人群,去寻找梦想实现的可能性。人分三六九等,这不是你可以屈服于梦想的理由。】

2004年9月27日 星期一 晴

今天,风和日丽,很闷热。我和阿彬一起,经过多项分析排除,最后,不约而同地把目标定在了晋安河畔。那儿人员混乱,莆田的小伙(子)居多,环保意识比较薄弱。

来到那儿才知道,那儿的人不像我们想象中的懒与散漫,他们非常热爱树木花草。有了上次拾垃圾的经验,我们不再怕生,不再怕别人的目光。我们绕着晋安河畔找了一圈,没有发现任何瓶瓶罐罐,我们失望极了,但我们没有灰心。我与阿彬从桥头绕到胡同尾，每片草丛，每片树荫，每个可疑的物品，我们都一一翻查。失望、绝望如一池冰水毫不怜悯的（地）泼入体内，汗水和泪水在心中交错。不会有了，已经半个多小时了。我和阿彬几乎（不）抱任何希望了，我真怕再一次失望。

"快来！"阿彬几乎用尽了力气朝我喊。我立刻燃起了希望，在草坪上，一个易拉罐赫然闪现。当时的那种兴奋和快乐是不能用华丽的辞藻来表示（达）的。心中的希望死灰复燃，只是……在草坪上的易拉罐离我们很近，但中间阁（隔）了一道草墙。谁翻？谁也不想翻。我凭着我的敏捷，借助立在草墙后的灯杆，跳进草丛。在拿到易拉罐的那一刻，它仿佛不再是一个普普通通的易拉罐，而是一颗炽热的心呀！

一角钱，我们来之不易的一角钱，也许伸手就可以，可它是多么来之不易呀！千辛万苦，这钱仿佛是那样热，那样重，有千斤，有万两。

我们在晋安河畔，只捡到了1个易拉罐。我们转回洋下社区时，又惊喜的（地）发现了两个塑料罐。正好有辆收废品的车驶过，我们忙拖住他，费尽口舌，他才边犹豫边无奈地抓出钱包，翻了翻，有零钱！太好了，我和阿彬一人拿了一角，心满意足地回家了。我感受到，水晶宫里的公主长大了，懂得钱的分量了。同时，我也为福州人的环保意识提高备感高兴。

　　总计：1个易拉罐、2个塑料瓶

　　合计：2角

　　分得：1角

　　我不清楚人们大多是在什么年龄懂得了"世人皆同"是句谎话，但十岁那年，我已经能在日记中写出"河那边的人"这样明显的划分。

　　似乎没有童话告诉我们人分三六九等，但似乎每个童话又都在告诉我们，人是怎样一种充满阶级性的动物。

　　豌豆公主即便落难也能被王子发现，是因为五谷不分的贵族生涯给她带来的幼嫩肌肤。

　　辛德瑞拉之所以受到王子的青睐，是因为她出身于王爵家庭，又有仙女教母心心念念地为她量身定制礼服与水晶鞋。

　　白雪公主之所以能吐出毒苹果、与王子喜结连理，除了拥有超强的主角光环，究其身份，也是个锦衣玉食的至尊公主。

　　《城南旧事》的小英子对着蹲在草地里的贼说："我分不清海和天，我分不清好人和坏人，人太多了，我分不清。"只有笨拙的小孩子才会执着于分清好人与坏人，大人总能用他们自认为正确的准则，去评判、分辨、区别身边的一切人与物。

前文说过,老家附近有一条晋安河。这条河大有来头,值得说说。它早在千年前是条无名小河,时过境迁便成为市区内最长的内河。老家附近的那段,是它中游的一小段死水。

幼年嬉笑怒骂四下撒野时,便听长辈吓唬我们,小孩子不能去那河对面,河对面尽是些魑魅魍魉,小孩子看不得。

我小时候可不是那类敛得住性子的孩子,都说小孩儿看不得,那我便偏要去会会它。于是趁放学后到了河对面,结果好不扫兴。那些来来往往的人,也不过是两枚黑眼珠子配俩鼻窟窿眼儿。

后来到了小学三四年级,懂得看社会新闻版面,才识得"河对岸的东西"是什么。

对面住着两种人:一种被人唤作"妓",一种被人称作"贼"。

这条街属于几个娱乐区域的交界处,各种灯红酒绿的产业集中。"河那边"是附近地价最便宜的地方,多为房龄极老的房子,自然受到了这些生活边缘人的青睐。

但见识多了,却更加不解。童稚时,读罢《柳如是传》,以为如河东君般顾盼生姿、倜傥自如才能自称为妓。后来发觉"妓"是个贬义词,指自甘堕落的风尘女子,但在形象上至少也该是"腰肢细软身婀娜"。我怎么也不能将那些站立于桥头,黑丝袜里挤出白花花的赘肉,满身葱姜蒜味的中年女人和"妓"这个词产生联系。

童年的初春，柳絮倏地钻进我鼻子，我透过桥头花片子和石狮子的空隙，看到一群女人有着比母亲还要下垂的乳房和暗沉的肌肤，五短身材却穿着比脚脖子还高的高跟鞋。她们谈笑风生地拥在一起，一会儿聊着别家男人的床上本事，一会儿聊起等会儿"做完那事"要顺路买菜回去给自家孩子煮饭吃。那一刹那，她们因过度兴奋而红光满面的脸颊至今烙在我的童年记忆里，成为少女时代对"妓"怀有的文艺想象里，被现实打得最响的一记耳光。

和"妓"一起住在河对岸的，自然还有"贼"。盗夫淫妻，夫妻双双把家还。那时候，我还未曾见过贼，只隐约觉得大概是动画片里凶神恶煞的形象，或者像来往搭起的戏台里的那个白脸高俅。

后来有一阵子，附近自行车盗窃案频发。查来查去就查到了"河对面"的一户人家，社区纠察队破门进去的时候，刚刚睡醒正煮着面的男人一脸愕然。面还没煮熟，在锅里发出"咕嘟咕嘟"的响声，纠察队就已经冲进自建房的后院里搜出了几辆丢失的自行车，真有点"温酒斩华雄"的意思。

那时候我还小，第二天就在教室里大肆宣传昨天见到了捉小偷的奇闻妙事。大家不相信，纷纷问我，让我描述究竟是怎样的情形，我却一时语塞，不知所措。一来是站得远，对于具体情形确实也没有看出个大概；二来我实在不知道怎样形容一个小偷的脸。

无论是"大小眼、瓢儿嘴、四只眼睛八条腿"还是"奸佞、丑陋、歪瓜裂枣"，都无法对号入座。原来他们也只是满脸刻着"生活"二字的普通人。

可能当你仔细观察每个生命最原始的形貌时，它们都是如此惊人地相似，一样丑陋，也一样具有独特的美丽。

人们总是惯用一个标签去归纳同类的人，将人分为三六九等，自认为这是方便的手段。就像我曾经在十岁的日记里这样形容"河那边的人"，但在日记的结尾，我们才终于发现，事实并不如我们所料，河那边不仅有荆棘，也有芦苇。

女人为妓，她的破炉在晌午时分也会飘起缕缕炊烟。令人唾弃的贼，或许在某个只属于他的温柔角落，正在为家人撑起一片天。

不要为他人贴标签，更不要随便朝人乱扔石子。每个梦想都给我机会遇见不同的人：走错路的，走对路的；走上坡路的，走下坡路的；走反方向的。或许有些陌生人出现的意义，就是在黑魆魆的途中引火烧身，却用那光亮让你明白，什么是错的路。

06 中秋的决裂

【当你的梦想需要与人合作的时候,一定会遇到意见不合的争吵,甚至利益的争夺。区分这是否对整个行动有益,学会计算投入争吵所花费的时间与物质成本,不要把时间浪费在和他人的拉锯战中。集中精力专注自己的梦想。不要把合作者看作竞争对手,因为你们俩还必须共同面对更大世界里的竞争对手。】

2004 年 9 月 28 日 星期二 晴

今天,我们早早地收拾好书包,因为今天是八月十五,正值中秋。我们学校只上两节课。我们的肚子早已饿的(得)咕咕叫,又累又渴又饿。但我与阿彬、王一依旧按计划,来到公园。我们为了多拾几个易拉罐,跑得气喘吁吁。我们兵分两路,我与王一一起,阿彬自己(一个人)。我与王一很快在铁树园寻到了一个放满烟头的"王老吉"易拉罐。然后又兵分两路,王一往右,我往左,本以为开了个好头,会很好拾,没想到我一路搜索却一无所获。

一路上,小草青青,小花红红,却没有易拉罐,蜜蜂的歌唱我没听见,蝴蝶的舞蹈我没看见,身边美丽的景色我没看见。放眼望去,碧绿的草坪如翡翠般美丽,丝毫没发现任何罐子。只好跑去集合,路上碰到王一。我正要开口问,她耸了耸肩,摆摆手,伸出空空如也的手。她说,这里的环卫工人太多了,没法捡。想到香喷喷的月饼,我吸了吸鼻子。我们的希望都寄托在阿彬身上,阿彬会拾到吗?我们为她祷告,阿彬还没出来,我心里有些空空的感觉。我有些不好的预感,但我控制住自己不去想。

"阿彬来了!"我寻(循)声望去,希望是个好消息。阿彬一边跑一边做着我也看不懂的手势:"有……两个……"我们不等她说完,飞一般的(地)把两个"王老吉"的易拉罐装进了袋子里。我们又转了一圈,没有任何发现,没想到却出了一个意外。我们三个人发生了纠纷。先是王一气愤的(地)毅然离去,好不容易把她追回来了,可谁也不想去卖废品,我们争执了半天,谁也不肯去卖。一是不想丢面子,二是不想做贡献,三是不想再走一趟。最后,我们把袋子撕了,瓶子扔了,两手空空的(地)回家了。忙了近一小时,我们竟谁也没有拿到什么。我感到了环卫工人的辛苦。最重要的是,与合作伙伴不能起纠纷,要团结。否则,就会像我们一样一无所获。真是的,为什么要争呢?

总计:3个易拉罐、1个塑料瓶

合计:0

分得:0

我们的拾荒三人帮就这样定了下来——王一、阿彬和我。

事后回想才觉得,"三人行必有我师焉"是真的,"三个和尚没水喝"也是真的:古人诚不欺我也。

我曾经把阿彬的照片拿给母亲看,那时候母亲眼神还很好,远远看着轮廓便说:"这姑娘真是水灵!"惹得我在之后的一段日子很是耿耿于怀。

阿彬不仅漂亮,还聪明,两只乌溜溜的眼珠子好像永远都在谋划什么好主意。

十岁的少女,已经开始长起微微起伏的乳峰。我们去"河那边"拾荒的时候,总有些地痞流氓盯着我们的胸部看,盯阿彬的尤其多。干瘪的王一就直愣愣地问她:"阿彬,他们为什么总瞧你?"

我不知道女孩都是从什么时候开始学会嫉妒的,甚至在嫉妒的时候,没有女孩愿意承认自己心怀嫉妒。

我只觉得有种莫名的冲动，促使我经常和阿彬争执，又或许是我们俩都过于早熟而聪敏，就像后来遇到的许多大人一般工于心计，又太过于幼小，不足以完全掌控它。

中秋节那天，我们第一次发生了决裂。

拾荒之后，没有人愿意拿废品去收购站兑现金。于是我们扯破袋子，把几个小时内所有的收获毁于一旦。

后来我们才自我反省，争吵是多么不明智的选择。我们一时任性决定鱼死网破，最终还不是渔翁得利？

有时候你会发现，孩子的眼睛亮得可以看清楚任何事，他们总结出的规矩往往准确得令人发指，比如这句"一是不想丢面子，二是不想做贡献，三是不想再走一趟"。大概所有的推辞皆是出于这三个缘由：碍于情面，不愿劳神，不愿费力。

我们不愿为多余的事情劳神费力，却离到手的梦想越来越远。

世事皆如此。

成年之后，与合作伙伴也少不了误解与争执。家巷三尺都能从巷头吵到巷尾，更不必说那些由利益关系维系的交情。

当你站在某个高度，就有人会提出各式各样的交换：地处低位的，觊觎你的成就，企图以弱换强，分一杯羹；地处高位的，看中你的潜力，狮子大开口地拿着空头支票与你更换廉价劳动力。

我曾经认识一个演员姑娘,艺校出身,浓眉大眼,自恃条件不错,三番五次地对经纪公司提出不合理要求。横店燥热的六月,我们几个年纪相仿的姑娘并排坐在床垫上聊心事。她谈起梦想时,一脸神往地说着,在艺校的时候,曾有导演到她学校选主演,她过五关斩六将到了最后关头,却被"空降兵"挤掉了名额。继而她开始对社会制度口诛笔伐,将所有过错归咎于现实的不公,抱怨自己连续几个月都接不到工作。

那时我们相知甚少,纷纷对她表示深切的同情。

后来,我们才发现,她在工作时的种种不合作,才是这一切发生的根源。

有一场戏,同样是演小丫鬟的五六个姑娘,为了后期效果,被安排随机采用不一样的造型。于是有人得到了略修饰脸型的垂挂髻,有人被梳作小花顶,也有人被梳成所有头发都撩上去的朝天髻,或是特别简单的两条大辫子。其他的小姑娘都能分清孰轻孰重,再有委屈都忍下来。唯独这姑娘不乐意,先是好言向梳化组的老师请求要"特殊处理",见对方不予理睬,自己拆掉梳了一半的头发,要求梳化组老师重新梳。

到了拍摄的时候,她的几句台词倒也见功底。毕竟是艺校出身,比起那些半路出家的姑娘,台词功底还是远胜不少。但即使这样也没能让大家转变看法——前半段台词明显是认真背过的,说得声情并茂;后一半台词明显没用心背过,磕磕巴巴。

时间长了,大家口耳相传,就算有一两家剧组想用她,知内情的老编剧或是演员、副导就会半开玩笑地说:"这孩子不太好相处,再看看有什么合适的人选。"合作是需要口碑的,而大多数人的口碑就是这样被自己"作"烂的。

你想花最少的心思,又想花最少的努力,还想要最好的成果。试问,谁会与你合作呢?

拾荒的记忆中,我们吵过许多场架,并没有一场是刻骨铭心的。孩子总是不记仇,偶尔的小矛盾,也就这样云淡风轻地过去了。

独自一个人能完成的梦想有限,要想有更大的格局,便要学会合作,而自己也不能懈怠。合作不是小学时的大合唱,你只要张开嘴,就指望别人完成高音的部分。你要比一个人的时候更努力地维系合作关系,否则,即便你付出了百分之八十,对方也有权不满你的懈怠,而选择付出百分之六十。当你付出了百分之两百,对方才会回馈给你同样的努力。

我们曾与别人同床共梦,却出于嫉妒、冲动、误会各自而卧,出于惰性、私心而分道扬镳,是否能一夜安眠、一梦到底?

07 硬纸彩票

【在实现梦想的过程中,不仅只有上坡路。起伏本就是常态,不仅是梦想,人生也是同理。有一句话,颇得我心意:愿上帝赐予我勇气,改变可以改变的事;赐予我宁静的心,接受不可改变的事;并赐予我智慧,以区分二者的不同。】

2004年10月8日 星期五 晴

今天,我兴奋地把"黄金周"里辛辛苦苦制做(作)完成的硬纸彩票带去学校。这些彩票是我利用妈妈出门节省的时间做好的,不仅要画上小伙伴们喜欢的图案,还要包装好奖品。我把省下来的月饼盒卡纸小心地剪成梯形,因为稍一不小心剪缺了、坏了,小伙伴就不喜欢了。然后我们找了几本图册,才找到了令小伙伴们爱不释手的图案,很小心地描着,一边看一边画。我们家很少有小贴纸这些玩意儿,我用上学期赚的钱买了一个很有钱的女生家里的小玩意儿,很便宜,三个一角。我重新包装,在小卡片上写上礼品名,反面贴在奖(彩)票上。准备把三个小礼物写在里面,每个卖两角钱。

我一来到教室,放下书包,就把硬纸奖(彩)票拿了出来。"这是什么呀!"王一拥过来。我找了几个比较厉害的女孩子,让她们帮我推销。她们分头干了起来。"大宝抽一个!""二维抽一个!""晓倩抽一个!""我要三个!"声音从四面八方传来,我一边抿着嘴,乐不可支的(地)记在早已准备好的本子上。五角、一元、一元一角……随着数字的上升,我的笔越来越快,(我也)越来越开心。上课了,我们没时间推销了,我跟帮我推销的女孩子分完利润,一共是一元两角,听着钱叮当响,我好开心。总有一天,我会让钱装满我的屋子,我的辛苦没有白费,一个上午就赚了一元两角,好开心!下午,我要早早的(地)去,希望赚到更多的钱。唉,不容易。

下午,我又赶制了近十个硬纸奖(彩)票。到了学校,却发现奖(彩)票不太好卖了。尽管我对女孩苦口婆心地劝,什么招都用上了,我们恳切赤枕(忱)地乞求,可是直到第二节下课,我们竟没有卖出一个。大家都很丧气,围在一起商量对策。

"喂,项瑶,我买行吗?"晓倩拿着欠我们的五角硬币缓缓走来,她还欠我6角钱,但她想买足一元。于是又抽了两个,我慌忙准备,拿起礼品,看着她心满意足的(地)走去。我认真地在小本子上记下来,心里又酸又苦,如打翻了五味瓶,特不是滋味。整个下午,尽管我们放弃了所有的休息时间,只赚了人家施舍的四角钱。四角就四角,希望明天有更好的收获吧。项瑶,为梦想努力吧!

卖出:10个

总计:1元8角

开始拾贴纸赚到甜头后,我就逐渐开始留意所有能赚钱的机会。

卖贴纸要找到合适的买主不是件容易的事儿,我必须像古时候的以物换物一般,拿自己的拥有的东西去一一对应别人的需求,这是个耗时又耗力的过程。

有没有不用考虑对方需求的办法呢?

我灵机一动,觉得可以效仿小卖铺常用的"抽奖"模式,这样我就可以想卖什么就卖什么,反正大多数买主也只是陶醉于这种不确定性带来的欣喜感中。

强大的自我满足感瞬间把我征服。于是我说干就干,在长假期间赶制了一系列"彩票"。

但就在卖"彩票"的这一天,我第一次真正感受到"商业"

这两字的魔力。"彩票"一上市就被哄抢,继而衰弱,在绝望时又起死回生、重燃希望。

中途卖不出去的时候,那一瞬间,我觉得梦想都挫败了,之前付出的努力全部都付之东流。难过的时候我就趴在教室的桌子上哭。

大宝坐到我身边,以一副见怪不怪的样子说:"没什么,都是这样的。她们见惯了就没人买了。"

大宝是我找来帮忙推销彩票的其中一个。她的父母都是外来务工人员,跟着工地的移动板房全国奔走,留下奶奶独自照看他们三姐弟,她是三姐弟中的大姐。奶奶每天早上推着生锈的破炉子,在校门口卖自家做的炸馃子。一个五角钱,用番薯粉调成糊状,加点糖后炸成饼,看起来像是太阳,我们都叫它太阳饼。

大宝有很多令人我们钦佩的技能,比如她手不触地就能翻跟头,左手抱弟弟右手还能抱妹妹,还会炸油条和太阳饼。

放学后我们在校门口拾罐子,大宝就坐在奶奶的摊边卖太阳饼。

她认得清每个顾客的脸,你买没买过她家的饼,她远远瞅上一眼就知道。

"真的好吃,不信你买个回去,一吃保准就犯瘾。"

她还会借力打力,见到熟人就要张罗出声,既搅得熟人不好意思，又能造出多人回购的景象。

"小同学，我记得你。是不是觉得好吃又来买？"

我懂得买卖的规矩是很久以后的事了，在此之前，作为一个从小被父母限制零花钱的孩子，我对买与卖之间的关系几乎一无所知。我曾经拿着父母的古董币收藏册里的一分钱硬币，煞有介事地到小卖部向老板买糖吃，被老板拒绝了，我却还以为我给的钱太少了，老板不愿意卖。

半路上被大宝看见，大宝把一分钱的古董币拿在手上把玩着，问我："这是什么？我怎么都没见过？"

"是钱啊！"我说。

"钱不长这个样子：一毛钱的是褐色的，上面有个人头；两毛钱是绿色的，上面还是有人头。"大宝说。

我很不聪明地问她："那都是人头，人头和人头之间要怎么区分呢？"

她撇撇嘴，一副瞧不起我的样子："这还不简单，长得不一样呗！"

大宝是第一个在和我谈合作的时候先谈钱的人。那时候所有的孩子都和我一样，虽然懂得钱是种难能可贵的东西，但不知道我们所干的每一份劳务、耗费的每一秒时间都应该是有价值的，而大宝在这方面比我们懂得多，她一摊手就问我："分几成啊？"

我问她，几成是什么意思？她说，我帮你做事你当然要给我点钱啊。

我无比忧虑地反问："那我给了你，你要是不帮我做事怎么办？"

大宝说："那简单，我们就按折扣来算，也就是说你赚五块钱就给我五毛钱，这样我跟你干起活儿来才带劲儿。"

我想一想，也是这个道理，于是就听从了她的建议。那时候我才知道什么叫分成，什么叫折扣，什么叫利益伙伴。

原来世界上并没有那么多可以用"人情"来交换的合作，也没有那么多以"梦想"为名，欲盖弥彰的金钱与人力的支持。

大宝逐渐成了我的小军师，负责我们"商业版图"的排兵布阵。

但大宝和我说过的所有话中，至今最令我印象深刻的，还是那次卖"硬纸彩票"时轻描淡写的那句"都是这样的"。

我一直以为这世上有一种只赚不赔的买卖，而大宝斩钉截铁地跟我说哪儿有这样的买卖，什么买卖都是风险越大钱赚得越多。

"……就像卖太阳饼，你用的料越足，定价就会越高。定价高了，买的人就少了。"

比起我不值一提的梦想，大宝的生活是为了生计，为了在这个偌大的冰冷城市里存活下来。但无论是生计还是梦想，我们都必须面对一个共同的现实，就是不管我们如何努力，都将面对一些不能改变和控制的结果。如果努力可以量化，你就会发现，这个世界上很多人付出同等的努力，却仍然因境遇不同而收获不同的结果。

即便我与上午付出同等的努力，下午的硬纸彩票依然不能像上午那样卖得好。与其趴在桌子上掉眼泪，不如收拾残局，想想如何弥补已发生的颓势，再压制下情绪去分析事情的成因。

十岁时的我并不知道尚未展开的人生会有众多的起伏，仍旧因为考试成绩少了两分而耿耿于怀，会因为未竟的梦想而失落不已，而大宝像个过来人一般拍拍我的肩膀，告诉我不必介怀。

坦然地接受失败，坦然地接受梦想的夭折，去改变可以改变的事，不要纠结于已成定局的结果。

就像卖太阳饼和"彩票"，我们永远只能掌控生命中的一部分，而把另一部分交给命运。

08 我们撒谎了

【如何做一个特别有力量的人？拥有接受非议与批判的勇气、不被伤害的乐观、直面诋毁的辩驳能力，还要保持内心的坦荡。因为恐慌而产生的谎言，需要用更多谎言弥补。总有一天你会发现，这个谎言超出了你能弥补的范围，那才是真正的贻笑大方。】

2004年10月10日 星期日 晴

今天，好不容易卖出两个硬纸彩票，又盼来了一个好机会。今天，由我与同桌还有前桌的四个女生做卫生，这意味着将是一个可以在学校多拾几个垃圾的好机会。我们迅速做完卫生，静候清校后才鬼鬼祟祟地摸进了垃圾箱。今天，垃圾特别多，而垃圾中的瓶罐却特别少。我们轮流拾，王一有些不愿意，就先回家了。我只好和阿彬轮流放哨，拾垃圾。我的手沾满了枯叶和灰尘,真是恶心。好不容易翻到了一个小罐子,我们小心翼翼的(地)一边放哨,一边拾。许久,我们才拾了两个很小的塑料瓶。

"你说,这能卖吗?"阿彬拿着一盒优酸乳的纸盒问我。我摇摇头,耸耸肩,又摊开手:"先放进去吧,大不了当废纸卖。"

我们惊异地叫起来,在垃圾堆里,有数十个纸盒,有伊利牛奶纸盒,还有橙汁、葡萄汁、苹果汁、凉茶、优酸乳的纸盒。不一会儿,一个能容纳几十个瓶子的垃圾袋装不下了。

我们蹑手蹑脚的(地)上楼,生怕碰到老师。拿起书包,我们又细细的(地)在每个人的抽屉里找罐子。意想不到的是,在晓倩的书桌里,摆放着两个塑料瓶与一个纸盒,袋子更鼓了。我们既高兴又紧张,害怕碰到老师和同学,如果被他们发现,我连脸都没了。我与阿彬,一个探路,一个小心地跟着。心不由的(得)跳,仿佛耳边回荡着老师的话。好不容易到了卫生间,没料到,婆婆正在冲厕所,我们灵机一动,把它放入草丛。等婆婆走到最后一栏时,我们冲出来,借着榕树避着。

"姐姐!咦?"我心中一惊,莫非被人发现了手上的袋子?我双手冰冷的(地)把袋子背在前面,因为声音是从后面传来的。我本能的(地)塞给阿彬,她也吓得不肯接。

"你的书包怎么和我的那么像呢?"一个小男孩凑过来。

唉,我大松一口气。我们小心翼翼的(地)东张西望,走过巷子，老是碰见同学和熟人。最后，由于寻不到收废品的，我们把垃圾藏在一个无人知晓的地方，准备第二天来卖。

总计：3角

2004年12月29日 星期三 阴

今天是我有史以来最高兴的一次，因为今天我们拾了一元钱的罐子。我们先在学校周边慢慢走，到人烟稀少的地方，我们趁门卫不注意，悄悄潜进去。

我们先到班上，挨个儿抽屉的（地）寻觅，先扫视一下，还要摸一下，确定后才走。可惜，今天没人喝饮料。我们又悄悄走到在办公室旁的教室里，拉开窗户与门，我进三(1)班，阿彬则走入了三(2)班。我悄悄靠近垃圾桶，因为对面的老师刚开完会，正站在走廊上。那儿很黑，我关上门，弓起背蹑手蹑脚的（地）走近垃圾筒，昏暗的教室好像在拍艺术照似的，可是我很失望，因为垃圾刚倒掉了。我又挨个儿抽屉找，一眼望去，我发现了一个"雀巢"冰爽茶的瓶子。随后我继续找，却再也没有了。阿彬在窗外，有些丧气的（地）摇头。突然，阿彬发了个暗号，我躲闪不及，还是被邻家的小女孩看到了，还好她没有刨根究底。我们又到了二(1)班，在讲台上又发现了一个"雀巢"的瓶子，我们狂喜。我们转向垃圾堆，好久没拾过了。我们没有辅助工具，只好用鞋子踢，阿彬立即发现了一个装有萝卜汁瓶子的黑袋子,我们把袋子解开、抖开,高兴地发现既(竟)还有一个可口可乐的易拉罐,我们把袋子留下,把四个瓶子装进去。忽然,阿彬提醒我:"后面有……"

我立即明白了,马上用台词:"你弟弟有病啊,又把东西弄丢了。"

我说完挤挤眼。那人走后,阿彬尖叫一声,先是拿出两个豆奶瓶,用脚掸了掸;随后又迅速拿出一个盛苹果汁的软皮瓶,向我报喜。还有一个,让我拿。我快速伸手拿了出来。随后我们又很轻松地发现了几个,然后我用阿彬的书包装着,兜在手上带出去。在花圃里我们又发现了一个凉茶的瓶子。我们看着黑老板脚下的三个豆奶瓶,只能看着不敢拿。阿彬自告奋勇,让我提着书包在榕树下等,她把豆奶瓶一个一个踢到我身边,我则负责把它们拾起来塞到袋里。在去收购站的途上(中),我又拾到了一个豆奶瓶。我们分好钱,见天色已晚,我飞快的(地)奔回家。

随着拾荒的次数与日俱增,我们的脸皮也越练越厚。在校园里拾荒,难免会遇到同学与老师,我们也练成了一种"脸不红心不跳"的淡定心态。

我们练就了一身爬窗户的好身手,踩着后操场的乒乓球台就能爬进二楼的教室。每天放学就爬进每间锁着的教室,挨个儿抽屉地寻找罐子。

我们准备了许多谎话,设计了许多情景来应对不时之需,印象最深的几个,比如:"你弟弟又把东西落在教室啦!""你做值日怎么又忘记倒垃圾了,害我们还要再跑来教室!""到底在哪个抽屉里,我怎么没看到?"

后来我去剧组,演了些小角色都自感得心应手,大概也和那时候的"情景表演"有些关系吧。

这些谎言的来源究竟是什么呢?根源应该是对自己的不自信。

拾荒的时光里,我们仨总是忧心忡忡,生怕被别人发现这不光彩的事情。

有个女孩就和我们不同,她拾荒的时候永远不怕别人看见——那个在桥头请我吃臭豆腐还授我"赚钱宝典"的二维。

二维的家里有着严重的重男轻女思想,总想着要生个"带把儿的"来传宗接代,却没料到一连生下了七个姑娘,成了邻里街坊口中的"七仙女"。二维是老六,在这个盼着生男孩的家庭里,已经是个够让爹娘讨厌的存在了。可她才不管你讨不讨厌她,端上来的肉顿顿抢着吃。所以二维并不像其他的外来务工人员子弟般瘦瘦小小,她长着一张永远涨得通红的胖圆脸,用中医的话来说就是一副中气十足的样子。

二维刚来的时候，我们正要订制新校服。其他的农民工父母觉得这是规矩，咬咬牙都答应了下来，只有二维一个人站出来："凭啥啊？凭啥你说穿就得穿啊？我就是没这个钱，你们出钱买了我就穿。"

后来学校只能作罢，从此开了先例，允许外来务工人员子弟不必穿校服。

我们从不邀请她来参加我们的课间游戏，她也从不像王一似的趴在窗口望眼欲穿，总是一副毫不稀罕的样子。我们大家在嬉闹玩耍时，她拎着自己的垃圾袋从走廊走过，面无表情地说："你们挡我路了，让一让。"

二维从不担心别人的闲言碎语，因为全校都知道五年级二班有个垃圾娃叫二维。她也不避讳，你踢你的花毽子，她跳她的牛皮筋，我捡我的瓶和罐，互不相扰。

她是如此从容，不需要任何谎言来协助掩盖。

有一天，班上贪玩的男孩捅破了她的书包盖（我们那时候用的还是两个扣的硬塑料翻盖书包），里头的瓶瓶罐罐呼啦一下全部散落在地上。二维从卫生间回来，像是什么大事儿都没发生似的坐回位子上，把瓶瓶罐罐一个一个捡回书包里。第二天趁着放学回家，把两个惹事的男孩结结实实地揍了一顿。

她打得面红耳赤，脸上也挂了点彩，手一抹，水龙头下冲一冲，哼着歌儿就回去了。

哼的肯定是那首《酸酸甜甜就是我》。那时候张含韵正火，被印在某畅销饮料的纸盒上。二维常常边拾着纸盒，边哼"喜欢酸的甜的就是真的我，每一天对于我都非常新鲜"……

她唱着歌儿拖着大垃圾袋回家的样子，她站在桥头请我吃人生的第一碗臭豆腐的样子，她不用任何谎言来给予自尊的样子，都是那样英勇，令人记忆犹新。

我不是一个特别勇敢的人，也从不幻想有朝一日可以成为英雄。我有许多自感怯弱的时候，但随着年龄的增长，我发现作为一个人，最大的勇敢是敢于直面自己的生活。

住在北京的日子里，我见到下班时来来往往穿梭在写字楼下的行人，在沙丁鱼罐头一样拥挤的高峰期地铁里挤到五官扭曲。我并不觉得这是莫大的辛苦，更大的辛苦反而是一群自命不凡的伪中产的辛苦"伪装"。

内心无法对自己真实的状态产生认同，情感上对自身无法认可，才是最坏的状态。

近期有一部很红的现象级电视剧叫《欢乐颂》，讲述在大都市里打拼的五个姑娘各不相同的故事。其中蒋欣饰演的樊胜美，最开始是以"情商高""拎得清"著称的，职场上精明老辣，生活中金句频出，情海里翻滚自如。她小心翼翼地把自己包装得金玉其表，生怕别人发现她其实名不副实。

看见富二代朋友背着货真价实的名牌包，她就讪讪地藏起自己的杂牌包，生怕被发现。被人吐槽衣服都是"地摊货"，尽管内心早已失衡，却还打肿脸充胖子地说自己那些衣服都是要丢掉的。她住在还不错的小区里，却是与一帮姐妹合租。同追求者一起去山庄度假的时候，她怕自己合租的事情泄露出去，于是拜托室友帮她瞒着，连续编造了几个谎言，声称自己是单独住的，只为保住可怜的脸面。

　　她太像现在的我们了。看起来衣着光鲜，实则只能勉强维持生计，整天在公共交通工具上奔波。在别人印象里维系的光辉形象，与现实中的自己隔着一道鸿沟。

　　写作以来，我时常收到一些追梦人发来的私信，拿一千多字的文章希望我能提点意见。我问及他为此付出了多少努力，而他却绘声绘色地自夸他的才气。那是他想象中的自己，而现实里，谁不是从籍籍无名的小辈成长起来的呢？

　　虚荣心不是一无是处的东西，至少它用最残忍粗暴的方式，提示你要加倍努力。但不能让它控制了你，切不要将更多时间浪费在无意义的圆谎上。

　　庆幸我们还知道自己要什么，知道自己站在哪里。可以梦想徒步穿越撒哈拉沙漠，可以梦想海市蜃楼就在前方，但仍知道脚下踩着的是荆棘坎途。

在十岁那年，我们缩头缩脑地完成我们的梦想，对梦想带来的负面能量照单全收。而二维早已坦荡地坚持自己认为对的事，与世俗的声音做着对抗。

二维在我们学校上完六年级就转回原籍上初中了，记得二维说过，那是个没有花花绿绿饮料瓶的地方。但我并不担心她，我知道她现在一定在世上的某个地方，风风火火地吼着："凭啥？凭啥你说穿我就要穿？"

09 拾贴纸

【梦想需要安静反思的时间。咋咋呼呼的过路人会给予你许多帮助，但用来克服孤独的时间，才是加速成长的开始。在别人身上潜心学习、广纳优点，在一个人的时间里学会与孤独和平共处，这都是梦想的必修课。】

2004 年 10 月 11 日　星期一　晴

今天，我又找到了一个赚钱的好办法，就是在门口小卖铺旁拾别人丢弃的贴纸。现在，门口流行百变小樱贴纸抽奖，许多男生往往只要画有黄晓明（原动画人物：王小明）的贴纸与收集册，把小樱的贴纸姿（恣）意丢弃，我们在门口就可以拾到许多贴纸，然后想方设法卖给女同学。

我们一下课，狂奔出校舍，要赶在三(1)班前去拾贴纸。

门口的小卖铺前早已聚集了许多人,他们边说边笑。我拾了9张,阿彬拾了12张,我不服气。许多男孩看着我们异常的行为,表面没什么,心里就有疑问,一个六(1)班的男孩对身旁的另一个男孩说:"把贴纸踩几脚,别让后面的那两个'鸡婆'拾走。"说完,往"贴纸"上吐了口痰,得意的(地)转过头,然后消失在人群中。店主看我们的眼光更是毒辣,仿佛我们惹了什么天大的祸,有钱的女孩子也咯咯(笑)地讽刺我们。我们表面上当耳旁风,心里难受极了。

过了一会儿,我看见一个男孩撒手扔下几张小樱的人形贴纸,还有一张大贴纸,我与阿彬同时看见,不禁心动。阿彬骑车,我跑步,我用尽了全身力气,趁她的车在惯力的时候,把贴纸拾起来,阿彬只能嫉妒地看着我。

总计:1张大贴纸、3张人型贴纸、10张小贴纸

人总是在行进的百无聊赖中另辟蹊径,从而踏出一条和别人不尽相同路。

2004年10月,在开始"伟大计划"的一个月之后,我在拾荒之外又"发明"了新副业,虽然这个新副业还是没离开"拾荒"的"拾"字。

那时候非常流行"集图册",商家会卖一种图册,只要你集齐图册某页的贴纸就能兑换礼品。礼品从时兴的滑板鞋

到毛绒玩具,甚至还有刚刚在国内红起来的《流星花园》碟片。而贴纸是靠抽奖得来的,所以常有某一页的某一张贴纸怎么也抽不到,或是已经有的贴纸偏偏重复抽到。

聪明人一眼就能看穿这是商家吸引人购买的把戏,小孩子却玩得乐不可支。

我每天上学前与放学后都会到小卖铺门口拾别人丢弃的贴纸,再卖给需要它们的人。赚投机人的钱最为便利,找到买主后,我常常能在一上午便赚得盆满钵满。

过了不久,阿彬和王一也同时发现了这个秘密,我们"三人帮"彼此心照不宣地开始了"新事业"。

和从前三人成军不同,在拾贴纸这件事上,我们多是孤军奋战,甚至开始有些竞争的意思。没有了共同奋战的伙伴,昔日同战壕的战友变成敌手,这在总有人陪伴的童年里,真是一件无限孤单的事儿。

福州的十月,天气倏地一下子就转凉了。我搓着手走在通向学校的巷子里,学校门口的红木棉树突然就砸下一朵碗大的花,直愣愣地趴到我脚边,发出一声闷响。小卖铺门口的银杏树抖落许多叶子,微风吹过,窸窸窣窣的,像是有晨起的小老鼠钻过。

朝霞很好，薄雾很好，微风很好。

——我第一次领略到了孤独的美好。

孤独令我听见了许多我从未听见过的声音，刺耳或动听，都是崭新的体验。

每天清晨，大概六点多，我就一个人站在小卖铺门口等待开门，看着它从寂寂无人到人声鼎沸。

然后会有很多前来购买东西的学生对着我小声谩骂或是往我身上丢泥土与石头。之前我们三个人在一起的时候，经常会随手抓起一把沙子，不留情面地抛回去，可是现在，我只有一个人。

但那又怎么样呢？

安静的时候，我能听到内心在夸赞自己的声音："项瑶，你今天没哭，你今天离梦想又近了一点点，你真的很棒。"

那一瞬间，我觉得自己仿佛是仗剑走天涯的英雄，怀揣着所有人都不知道的伟大的孤勇，遂明白：原来，我们都需要一个很长的过程，来学会与孤独和解。

关于梦想和孤独之间的关系，有太多人曾经描述过。

保罗·奥斯特在《孤独及其所创造的》里曾经写过："要进入另一个人的孤独，是不可能的。如果我们真的可以逐渐认识另一个人，即使是很少的程度，也只能到他愿意被了解的程度为止。当一切都无迹可寻、与世隔绝、全无踪影的时候，人们能做的就只有观察了。但人们能否从观察到的东西里找出意义，则全然是另一回事。"

热闹的时候大家是彼此相通的，只有孤独的时候我们才完整地占有自己的身心，人与人的差别多是产生在独处的时刻。

有段时间因为写作，我被邀请进一个作者群。里面有些在我看来早已功成名就的畅销书作者。其中一位作者，三十出头的样子，白天是金融企业里兢兢业业的上班族，晚上还要在图书馆里待到闭馆。

在聊到自己的写作经验时，她笑着谈道："哪有什么经验啊，不过是八小时工作之外，孤独和孤独的反复叠加。"

她说到自己开始写作时，在很长一段时间无人认识。不仅如此，父母不支持，刚出世的孩子夜夜哭闹不止，亲戚朋友们明里暗里地嘲笑她，说一个职业学校毕业的女人，既没有写作经验，又不算学富五车，靠写作为生真的是痴人说梦。她甚至有些灰心丧气，无数次问自己是否应该放弃。

就是这样疲惫到极点的夜晚，女儿沉沉睡去之后，她听到自己内心强烈的声音："可是，我真的很想坚持写出一本自己的书。"夜幕中，那心跳声在一吸一呼中变得愈加急促。

我们叩问孤独，得到的，是不受干扰的内心的答案。就像十岁那年在校门口听见的沙沙树叶响和内心最忠诚的声音——"坚持下去吧"。

在拾荒的日子里，"拾贴纸"事件赐予我难得的安静。与孤独和解的方式就是等待，待到独行时的束手无策渐渐淡化后，就能享受到孤独的喜悦。

诸事不顺时，无力继续梦想时，不妨远离那些聒噪的评论，去听听孤独的声音。毕竟比起有人陪伴，孤独才是人生的常态。

我们太忙了，仿佛生来就要读书写字，去涉猎更多未知的世界。只有孤独的时候，才能注意到脚下的世界，参透内心的声音。

10 面对误解

【梦想不被人理解怎么办？如果你早已确定梦想的价值，那就多想想抵达的地方。若那日"花好月圆人长久"，何妨今日"风刀霜剑严相逼"？】

2004年11月3日 星期三 晴

拾贴纸的工作一直井井有条地进行着，"贴纸风"已经渐渐过去了，但我们一直是早出晚归。但是，最令我担心的事终于还是发生了。

当我拖着疲惫的身躯回到家时，家人正虎视眈眈地望着我，气氛不太对，我转身就想回房间，却听见质问："瑶儿，你去哪儿了？这么迟，又去玩儿了吗？"我色厉内荏（注：此处为误用）地摇头，他们一口咬定我去玩了，我多想洗脱这不白之冤啊!只要我开口说一句话,我不仅不用天天遭人白眼,也可以重新恢复家人对我的信任。我怕,也急。内心像汹涌的波涛,一起一伏。"妈妈呀!我再也不瞒你了,我想重新成为你的乖女儿呀!我发誓,我再也不了。"话到嘴边,又重新咽了回去。我默认了他们的质问,这是何等委屈,又是何等无奈?可我默认了。明天,我还要这么做,只为了那一天的到来。

2004年12月25日 星期六 阴

妈妈不知道从哪儿知道了我卖东西和卖废品的事,我为了那个梦想,只好再当一次坏孩子。我一声不响的(地)忍受着责骂,现在的哀怨与伤感仿佛爆发的火山,把所有的委屈都积在泪水萦绕的眼眶里。但我没有哭……我一定要忍住,我对自己说了三遍,我屏住呼吸,任由责骂从我耳边流过。我还要不要继续做下去?我想好了,我不能放弃。我知道这只是一个误会,误会总有解除的时候,就如同这个秘密总有真相大白的时候。

我常在无人的黑夜翻开这两页日记。

这寂寂荒野,无人相伴,好在有这如豆般的零星灯火,燎原一般在心里烧起。

随着我们拾荒的次数越来越多,时间越来越长,回家的时间也越来越晚。尽管我始终一口咬定自己"一放学就回来了",家中的大人还是难免起了疑。

　　王一的父亲长年离家,母亲对她放任自流,只有年迈的姥爷照看她。姥爷在厨房做菜,就把她一个人留在大饭桌旁写作业。写完姥爷来检查,查出一个错就打一下手板,所以王一的作业本总是沾着饭桌上的油点子。后来上了高年级,多了一门英语,题目也难起来,王一就借口去同学家答疑解惑。姥爷检查不来,对此只能睁一只眼闭一只眼,对王一拾荒的事情毫无察觉。

　　阿彬的父亲虽是泥瓦匠,却是个读过书的人。他长期卧床使得身子干瘪萎缩,总是离不开那床褥子。卧床的父亲不便行走,但心思很多,没事儿的时候就想着闺女,一点小风都能吹到他的耳朵口。这就意味着阿彬一举一动都在父亲眼皮之下。

　　于是我和阿彬成了被家人误会的孩子。

　　终于有一天,阿彬忍不住红着眼眶跑来了。

　　"项瑶,今天我爸爸顺起扫帚棍就揍我,你看……"

　　她撸起袖子,露出连排猩红色的新伤。

　　"我爸问我是不是要整条街上的人都知道自己没娘,他说他哪里亏待我了,我竟然做出这么丢人的事。我憋不住就把事情都和我爸说了……"她呜咽着向我道歉,"项瑶,对不起。"

听到这里,我的脑子一时间噼里啪啦地作响,但转念又想,离下次家长会时间还长,两边家长也暂时打不了照面,便放下心来,故作镇定地问她:"那你打算怎么办?"

她带着哭腔词不成句地答复着:"我不敢回去,我怕……我很怕他再拿棍子抽我……"

我也跟着哭了:"那你可怎么办啊,你爸爸那么凶,会不会真把你的腿打折啊……"

我们在沿路的草坪上漫无目的地走着,一路摘着野花,一瓣一瓣地掰着花瓣。仿佛这样做时间就走得慢一点,甚至能停滞在这一刻,我们就可以永远不回家。

"你怎么可以先告诉你爸呢?"我本意是责怪阿彬,却没控制好,竟然委屈地哭起来,"你把我们的规矩都给破坏了!"

其实是怎样幼稚的委屈,我也说不上了。大概就是突然感觉阿彬解脱了,而我还得孤军坚持。还可能是害怕家人知道后,和阿彬爸爸一样气恼。

阿彬也瘪着嘴,一副要哭的样子:"早知道会被打,我也不要拾了,再也不要了!"

刚开始,我们就是为了给父母买礼物才开始拾荒,然而,付出并不为人所理解,这才是真正的委屈。

最终,阿彬还是抽噎着回家了。第二天,她红光满面地来了学校。

我追在后面问她:"阿彬,昨天你回家后怎么样了?"

她欲言又止,盘问几遍后,终于从牙缝里挤出只言片语。

"我爸爸抱了我。"她说得眼眶泛红,"他揉着我的伤口说,这么多年来,让我受苦了……"

我们都以为阿彬一定要被她的父亲用扫帚棍打得皮开肉绽,却意料不到是这样的结果。

我像是突然受到了极大的鼓舞,想到有朝一日,我也有机会收获这样的谅解,所有的委屈都在这一刻烟消云散,好像早已获得原谅一样。

误解,既然有一个"误"字,就表明总有一天会沉冤昭雪。当误解你的是生活中最亲近的人时,虽然心里明白这是一时的恨铁不成钢,但依然存在很强的抵触心理。

我曾经在福州遇到过一群做小剧场的年轻人,他们都是各行各业的普通人,有的还是学生,有的已经组建了家庭。他们无薪资地加入剧场,写剧本,排练,售票,争取茫茫话剧圈里的新话语权。刚开始,他们中间的许多人都备受非议。父母觉得他们的努力是徒劳,伴侣觉得他们在逃避家庭,老师觉得他们不务正业。

他们默默地准备了好几台戏剧，四处找场地，拉赞助。第一场上座率百分之二十，听上去不错，实际上换算成数值，是两百个人的座位只来了四十个，其中大部分还是赞助商的赠票。空落落的剧场，每个演员依然恪尽职守地化妆梳头，演乞丐的把自己化成大花脸，演少女的胭脂涂得通红。

过几年再遇到他们，几个人已经受邀参加乌镇戏剧节，和史航、黄磊等一众著名的话剧人同台合影。将兴趣转化为职业的过程初见成效，周遭的闲言碎语就突然过眼云烟一般散去。

你看，力排众议的方法，是你闷着头把事情做好，而不是费尽心力地辩解。

《老人与海》的主人公，即便猎捕大鱼的梦想破碎，也仍然不屈不挠，摆出一副斗破苍穹的架势。梦想的吸引力在于，你永远能看到它在若即若离的地方招手，那么远又这么近。

后来，如我所愿，我也成了被家人拥抱的孩子。

我们常常做些别人看来的白日梦，在梦里击溃自己的往往的不是别人的千拳万掌，而是亲近的人的一句冷言。

但你终要相信，深爱你的人，也终有一日会理解你的梦想。无论他是父母、伴侣还是身边的朋友。总有一天，他会轻柔地搓揉着这些年因他而起的旧伤，心疼地掉下眼泪。他的所有担心与愤怒都掩盖着背后的惆怅——那是怕你过得不好。

我不怕被世界冷眼相向，唯怕被你抛弃。

11 同学"雇用"了我

【很多年后,我还记得那个住在大通铺上的绿衣公主。在以"贬损自己"换取全身而退的时代里,不是每个人都有福气拥有这种因为不自知而产生的自信。但无论你跌到哪片尘埃里,依然要抬起头来面对人生啊!】

日期未知

今天,我找到了一个好挣钱的活儿,只要帮那伙挥金如土的同学提书包,两天就可以得到一角钱,这真是份好差事。

2005年3月8日 星期二 晴

今天郑雨让我帮她写一份书法作业,我们把价格从五角抬到了一元,她满不在乎地给我钱,还说她有的是money(钱),

一元没什么。

　　我暗暗高兴，对于这样的"败家子"，真是太容易得手了，一元钱哇！郑雨说我字写得不错，然后就让我与她一手交钱一手交货，因为后天就要交作业了，她懒得做。一放学，我放下书包立即翻开了写字课本，写好自己的那一份之后，我小心翼翼地拿出一张作业纸，快速地加好墨水，细心地写了起来。

　　今天的天气很闷热，我来不及擦拭渗出的汗珠，就埋头苦写。吃过晚饭，我继续写了一会儿才写好。我松了口气，心里舒服极了，真不知还有如此好的差事呢！真希望每天都有。

　　为了赚钱，曾经有一段时间，我每天放学为同学提书包、写作业。原本平等相处的同学，突然就多了一层"雇用"的关系，让人好不尴尬。

　　最常找我代写作业的女孩叫英子，她也是中途转学来的，是个四川姑娘，说着一口地道的川普。

　　英子家在学校对面开了家水果店，既是店，也是英子的家。店面窄小，双开的铁皮大门，四周用蓝红条纹相间的编织袋布围起来，时间长了，编织袋布上全沾满了秽物，还盘绕着果蝇。店里只有一层楼高，却切分成上下结构，进门一抬头就能看见楼上的大通铺，低矮压抑。

英子爱美，她们家卖水果收的零钱就放在门口的小木匣里，她就从中摸了几块钱去买了那时候最流行的蝴蝶发卡，那带弹簧和塑料珠子的金属翅膀，忽闪忽闪的，扎人眼睛。

英子力气特别大，谁掰腕子都掰不过她。我们经常见到她家门口停着运水果的平板车，英子穿着条浅绿色连衣裙，像道绿闪电似的从店里跑出来，一撸袖子一弯腰，轻而易举地把两个瓜抱进店里。

你能想象吗？一个像枯涸的河床一般皮肤皲裂又黑瘦的少女，穿着温柔飘逸的绿布连衣裙，转瞬间弯腰抱起两个瓜。

英子喜欢穿连衣裙，虽然她总共只有两条，即一条绿色，一条紫色，还全是粗布的，但这也足够让每天必须穿校服的我心生羡慕。

英子的父母不会去细数门口木匣子里的钱，她随手抓两个钢镚儿，便成了我们班的小富婆。英子是个极好的雇主，她给起钱来爽快大方，从来不拖泥带水。

其他的"雇主"常常对我们颐指气使，享受那一刻"发号施令"的快意。英子从来不会这样，她常偷偷把家里的瓶子带给我，嘱咐我拿去换钱，也总在课间塞给我些小零食，视我如小姐妹。

现在很流行"钝感力"的说法，英子就是我见过的最具有这种能力的姑娘。

孩子总是被表象蒙蔽。那时候的我竟然天真地以为英子真的特别富裕，屁颠儿屁颠儿地跟在她后面。

小学时，门口的杂货铺都在出租少女漫画，类似于《紫色少女》《总裁爱上我》《校花奇遇录》这类。租金，一天五角钱。书上的少女有着日系的浓眉大眼，穿着现在看来十分夸张的萝莉装，要么是落难公主，要么是富家小姐，要么是天才学霸。这种怪诞的人物属性设置，真让人喜欢不起来。但英子却偏爱这类漫画，木匣子里的钱都贡献给了租书铺子。

她边看还要边涨红着脸给我复述情节。

"这个男孩子喜欢她，"她两眼发光地说，"这个男孩子也喜欢她。她特别善良，她们家很有钱，可是她不想伤害别人。"

她说着掖了掖裙角，好像在说自己。那时候我已经能看些成人故事了，对她所说的这一切嗤之以鼻。

她不仅是我的"雇主"，也是阿彬和王一的"雇主"。她贪玩，成绩不好，却不像很多干脆拖欠作业和老师们"硬碰硬"的坏孩子，宁可出钱让我们完成，也要誊写得整整齐齐。

每次老师布置了作业，她都要分配一下再给我们三个人，这一次我写多的，阿彬写少一些的；下一次就让阿彬写多的。作为一个小雇主，她把我们三个的关系调配得很好，我们几乎没有因为这些"不光彩的生意"而起争执。

我也曾经为了多接一些"活儿",特地绕到她家的水果店门前。那时候接近八点,再过不久就要敲响上课铃了,英子正在门口等王一来提书包。

我说:"这次提书包的事情就交给我吧,时间这么急,就不要等王一了。"

英子固执地抽回手,回绝了我:"不行,这次要给王一,我答应了让她来提。"

她秉持自己原则,过了好一会儿,王一才从后面呼哧呼哧地跑上来,上课铃已经响了。

人在成长中总要丢弃些什么,但留一点天真,去想象自己能有更好的未来,比起在一片混沌里挣扎着求生存,在姿势上就漂亮了许多。

即便在大夏天里,因为睡大通铺被叮得满腿是包,英子也没觉得那些遗留下的红印子难看,她认为那是豌豆公主的勋章。

她并没有觉得住在"冬天漏风,夏天漏雨"的大通铺上有什么不好,也不觉得穿着裙子抱西瓜是什么丢脸的事。

她觉得水果店家的女儿大概就是水果王国的公主。

英子站在最低微的泥土里,不曾去仰望遥不可及的星空,还在为了能拯救地上更弱小的蚂蚁而光荣。

英子转学很突然——学期中途的某一天早上,老师突然说,英子转学了,从明天起就不会来了。

听到这个消息,我趴在课桌上大哭,因为她借走了我的一本精装版小人书《白雪公主》还没还,那算是我童年时买过的挺贵的东西。

如今,但愿她还时时带着那本《白雪公主》,即便住在大通铺上浑身被蚊蚁咬得刺痒难忍,还坚信自己是美丽的公主。

12 别人的白眼

【我听很多人说过,这辈子没见过英雄,所以不相信有英雄。其实我想说,一个人在比自己更加弱势的人面前是可以成为英雄的。不去落井下石已是善意,若能雪中送炭,哪怕只燃出了零星火苗,至少能够暖一秒人心。】

2004年11月30日 星期三 晴

拾了几个月荒,白眼没少受,接受讽刺成了每天的家常便饭。

小卖铺的阿姨似乎对于我们这两个天天见面的老朋友不太欢迎,假惺惺地塞给我们每人一个气球,然后笑眯眯的(地)来几句"甜言蜜语",等我们一转身,她就抛下一句:"一个气球就能打发两个穷孩子!"

另一个阿姨另（令）人恨之入骨，一走进她的地盘，她便会破口大骂："捡什么捡，不要脸，以后别在我们这儿捡。捡个屁，一个子儿都没有，不买就滚，少在这儿给我啰唆！"用一些不堪入耳的话怠（责）骂我们，嗓门大，脸色差。还责怪王一和我们玩，理由是：（快要）六年级了，还一分钱都没有，算什么？别和穷家伙玩，别把他们带来，听到了没有！常常有人在我们身后骂上一句："多大了，还拾破烂，有钱自己买去！快六年级了，还这样。"作为一个班级成员，没有比侮辱班级荣誉使我更加难堪的，我真想扑上去，和她大打一架，可我只能无奈的（地）低声下气。谁叫我们……唉。我想过不止十次放弃，可我总想着有一天，我可以给妈妈买一件礼物，那样我会欣喜若狂，好不容易下定的决心就会开始动摇……我要为新的一天，为那一天而坚持不懈地去做，相信那一天一定会成为一个瑰丽的日子。

我们学校门口是个岔路口。学校在一个方向，剩下几个方向分别是三家小卖铺。他们的店和英子家都是一种构造，楼下是店铺，楼上是自己搭的大通铺。

我不知道这三家小卖铺是从什么时候开始营业的，总之，它们的年纪比我的学龄要老得多。

三家店都是女掌柜。

A家的掌柜是个胖嫂,每天早上拿着扫帚有气无力地扫着店门口,偶尔发现门口被人扔了一包垃圾,便粗着嗓子对着空气叫骂。

B家掌柜是个瘦削精致的四十多岁女人,她没有一儿半女,一个人守店。她每天化着大浓妆,踩着高跟鞋,夏天的时候还会穿起黑丝袜。

C家的店主实际上是她丈夫,她丈夫是个一身横肉的壮汉,夏天喜欢裸露着上半身看摊儿。后来发展起了副业,就在自己家店门口摆了一个烤串摊。他负责烤串摊,老婆负责打理店里。他们家也是资源最好的,老师布置的作业本、最新的补充教材都会第一时间出现在他们的摊子上。我们总感觉他们像是在学校里有"线人"。甚至还谣传,她的小叔子就是我们学校的校长。

那时候迷恋香港商战剧的我还差点儿在脑海里为他们谋划了一部情仇纠葛的大戏——彼此为了侵吞对方的家族小卖铺事业而浴血奋战。

在拾荒之前,我们都是他们的老主顾,偶尔偷偷在犄角旮旯里找到一个一毛钱硬币就去买一条"辣条"。这是一种吃起来像是纸的东西,用花椒调了味道,不知道被什么调料染成了绿色,吃到嘴里像跳跳糖一样掉颜色,辣得眼泪直流,嘴巴像火烧似的。

攒到五角钱，我们就去买"咪咪"。这是种虾条，包装纸上印着"进口自马来西亚"。这大概是我们吃过的最早的"进口食品"。"咪咪"是挂在店铺墙上联排卖的，包与包接口处有撕口，可以单独撕下来卖。一个联排有十几包，买得起"咪咪"，在我们看来就是百万富翁；若谁还能联排扯下一溜儿"咪咪"放在抽屉里慢慢吃，在我们心里就是千万、亿万富翁的级别。

刚开始拾荒的时候，三个店主并没有发现，依然把我们当顾客来看。

时间一长，他们便看懂了三分，加上我们拾贴纸在校园里卖，导致很多人不去小卖铺玩抽贴纸的游戏，直接影响到了他们的生意，于是对我们时时充满敌意。

当我们在靠近小卖铺的地方准备去拾一个空瓶子时，C店的女老板狠狠地踢走了瓶子。

"不要过来，影响我做生意，脏！"

高跟鞋老板倒是不错，一个如此用妆容美化自己的人，也不舍得用 C 老板那样简洁有力的脏话。她挑了一个我、阿彬、王一都在的日子，把我们叫到跟前，轻声细语地说："你们都是好孩子，我拿几个气球送给你们吧。"

我们有些兴奋，忙不迭地道谢。

她看我们收下了，这才不紧不慢地谈起了条件："你们收了气球就要听话,答应阿姨一件事情。"

"从这个地方到这个地方,"她比画着离她家店里十米开外的两处,说道,"你们今后都不能再过来哦!听懂了吗?"

我们被她唬得一怔一怔的,谁都没有顾着摇头或是点头。

"去玩吧!"她轻描淡写地结束了与我们的对话,依然保持着那副非常有涵养的模样,留下我们站在原地,一脸茫然。

后来,我们常常还没有走近,就被她叫住。即便是讨厌,她也时刻保持着自己的矜持,嘴角带笑,兰花指一拧,说:"你们走远一些,别忘了答应过阿姨的话,好孩子说话要算话。"我们只好悻悻地走开。

哦,还忘了说 A 家那个胖嫂。

她还真没什么好说的,一个五十多岁的老妪,头发零星有点花白,面相凶得像包租婆,夏天穿着吊带睡衣,拿着一把蒲扇坐在门口。

她脑子转不过弯,算整钱很精明,但找零总是算不清。她的钱都放在一个有盖子的红水桶里,她坐在门口时,红水桶就放在脚边。

她嗓门很大。她家住楼上,同时也是提货的地方,每次缺货时,她都冲着楼上高声喊:

"辣条再给我扔一包下来!"

"棒棒糖没了,在衣柜顶上,给我拿一盒下来,别扔!"

要是楼上没有反应,她就要抓狂似的喊:"死老头子,你耳朵背了是不是!"然后拿着蒲扇扭着屁股,气呼呼地上楼。

每次学校要求集体买的教材,她的店总是最后才到货。有一次,老师要求我们全年段买一本补充习题册,这事儿过去大概有半个月了,习题册里的作业都布置了好几次,我才看到胖嫂骑着三轮车,载着好几摞练习册欣喜若狂地冲着店里喊:"老头子,之前说的那批书进回来了!"

她从来也不会对我们好言说话,没有高跟鞋老板的气质,也没有 C 老板敏锐的"商业嗅觉"。就是这么一个矮胖丑,脑子还不好用的老人家,却是童年里温暖的存在。

高跟鞋老板不喜欢我们,C 老板会让老公把我们撵走,只有 A 老板,每次都把垃圾拢成一堆,扫到角落里。我们每次在垃圾堆里扒拉,她就一边抱着红桶一边嘴上不饶人地骂着我们:"成天捡捡捡,捡完赶紧走!"

有一次春游的早上,我们要到学校集合。路上我碰上二维,就一起去了小卖铺。我家虽然不算特别富裕,但母亲还是为春游准备了满满一书包的零食,临走还给我揣了点零花钱。而二维什么都没有,她的父母一天给她一块钱吃午饭,加上拾荒得来的零票,拼拼凑凑也不够买些昂贵的充饥零食。

二维并不在意,她参加春游连书包都没有背,只带着一瓶在家里灌的水。我们进了胖嫂的店，二维精挑细选了一番，几番询价都超出了她的想象，最后只买了一个用来抵饿的面包，一块五角。

二维叉着腰，一副老江湖的样子："一块钱卖不卖？"

胖嫂的脸马上就黑了下来，眉头全蹙在了一块："一块五还要讲价？"

然后自己坐在门口絮絮叨叨起来："你说我们这种小店能赚多少，要是每个人都像你这么讲价，我们还有什么赚头呢？我们这店开得岂不是太窝囊，你们这群小孩啊……"

絮絮叨叨，二维听了都觉得烦，直接把面包丢到一边去了。

可能是因为我已经很久没有来过小卖铺了，结账的时候胖嫂问我："你今天怎么有钱来买这么多零食？"

我说今天春游，钱是妈妈给的。胖嫂找了零钱，回过身像是想起了什么，就问二维："那你也是来春游的？你怎么啥也没带？"

二维扬了扬手上的瓶子："带了水。"

"没了？""没了。""把钱花掉了？""家里没给。"

胖嫂声音一下子尖起来："你春游都没东西带着吃怎么行？别人都晓得向爸妈要，你咋就不晓得呢？你说这怎么行……做爸妈的就是不像话，连个像样的中午饭都不准备……"

胖嫂边说边拿了一长串"咪咪"准备往二维的书包里塞，见不到书包，就往二维衣服兜里塞。

"我没钱……"二维侧开身子躲闪。

胖嫂瞪了二维一眼："谁要你的钱了？"

胖嫂让二维站门口等着，自己拿着个塑料袋进店里搜罗了一番。

她还是一如既往地小气，翻到五六块一盒的商品，就偷偷摸摸地藏起来，以为我们什么都没看到。回头看见我盯着她，还有点愧疚地傻笑着。

她把塑料袋递给二维，里面都是些便宜的零食，但也装了满满一袋。

"去玩吧！"我第一次听到胖嫂这么短小精悍的话。她拍拍二维的口袋，不知道什么时候拿起蒲扇又坐回门口，跷起了二郎腿。

那个斤斤计较的大妈并不伟大啊。比起那些为了慈善千金散尽的财阀老板，这个会把贵的零食偷偷藏起来的小生意人，未免也显得太不光明正大了。

可每当我想到她，就忽然有了力量——我一生所求，不过是做个善良的普通人。

我不想做英雄，只想做个在生活里热泪盈眶的普通人。看见苦难的时候，眼睛会痛；看见弱者的时候，心会悲悯。

我记得胖嫂把贵的零食藏起来的样子。那是一个弱者，对于更弱者的态度：她不能给予更多；但至少，她给了。

我的脑子里突然浮现起，那个五十多岁的老人家满面红光、卖力地踩着三轮、把车杠上的铃拉得冲天响的样子。生活不易，来一遭，总要爱点什么。

比起刺耳的谩骂和温婉的驱逐，如果不能拥有大爱，小爱也很好。

13 梦想是一块舔不完的糖

【很多人说起的梦想其实不是梦想。那种一遇到困难就思虑着是否要"打退堂鼓"的梦想,可能一开始就是逃避现实的托词。梦想应该是这样一种东西:强烈喜欢,什么都能忍。任它搓扁捏圆,棱角磨钝,咬咬牙都能坚持下来。】

日期未知

最近,我又重新掀起了抽奖风,我把拾来的贴纸塞在一个精心制作的纸袋内,然后以5个一角的价值(格)卖给大家。

这活儿很辛苦,白天要学习,晚上还要趁家人洗澡的时候去做,有时晚上来不及,我一大早才6:15便自个儿起床偷偷做,晚上为了不让家里人翻书包时看见,我还要把它们塞到衣柜里,到天刚泛白时再拿出来。我常常故意把被子踢开,到清晨，浑身打起哆嗦，就会不由自主地冻醒。然后蹑手蹑脚地开始干，最后看钟快6:35了，要准时上床。否则闹钟一响，妈妈醒来就不好了。然后我还要省去穿衣的时间，有时连饭也顾不上吃，便倒回锅里干脆不吃了。

我要赶在7:15前奔去上学，我一边跑一边焐暖冻得发紫的手尽管哈欠连连，我努力打起精神，因为只能赶在环卫工人之前去拾，才能拾到更多可以充当礼品的贴纸。为了不忘记藏在衣柜里的抽奖包，我连睡觉都在念叨着，今天又赚了近三角，林婧那儿应该有五角了吧，英子那儿应该有一元了吧，阿彬那儿也该有五角了吧，晓倩那儿应该是四角。

这些"联盟"伙伴也都第一次尝到了甜头。在我尝来，苦中带涩，涩中泛甜。

这些细节，我真的已经忘了。

如果不是日记帮我记住这些曾经的故事，这些经年长久的老伤，就像结痂又长好的新肉，早已被我忘记。

唯一有印象的是，为了瞒着家里人，我几乎每天大脑飞速运转，想方设法和家人斗智斗勇。每天，我都要趁着家人洗澡或是吃饭时偷偷地赚钱，在屋里听着家人的脚步渐近，就像惊弓之鸟般飞快地把手中东西收拾起来，一股脑儿地塞到衣柜里，装作什么都不曾发生。这种惊悚的感觉，不亚于小时候偷偷开电视,为了怕妈妈发现,提前准备好扇子要把电视机箱扇凉。

其余的辛苦,像是大半夜把自己冻醒之类的,早已经随风而去,杳无踪迹。

曾经看过一个很有趣的理论,说人对痛苦是有耐受度的,对于同样一件事情,每个人感受到的痛苦其实是不一样的。

有些痛苦之于某些人,会是十级的痛苦,但对于有些人来说只是轻微的蚊子叮。可能在努力学习的学霸眼里,考90分的痛苦感就非常强烈,甚至能在内心引发一场地裂山崩,所以他才拼命学习,争取躲避这种痛苦。而对于一些人来说,考个20分依然没有什么疼痛感,所以甘心自我放弃,甘当学渣。学渣学霸,对于成绩这件事的痛点不同。

虽然不是什么科学理论,但好像确实如此。我们会发现自己在做某些事情的时候,所承受的痛苦是打折扣的。

正因为我们对于痛苦的耐受不同,梦想才显得个人化。

十岁的女孩,每天六点不到就起床赚钱,六点半还要回到床上假装刚刚醒来。为了在不设定闹钟的情况下早起,把脚伸出温暖的被窝,心甘情愿地被冻醒。

她可以弓着身子钻进垃圾桶里,一样一样地把垃圾翻找出来;也可以克服自己的胆怯,到附近的收购站里,和老板谈笑风生。

十岁那年的冬风多么寒冷，而如今的我竟没有一点儿印象，只能用"她"来称呼过去的自己。

我不敢确定，如果再回去我会不会像她一样勇敢。因为时过境迁，给母亲买一件礼物这样的梦想早已能够轻而易举地实现。再让我吃同样的苦，我能，但我一定不愿。

大学刚毕业的时候，我在医院工作，医院的待遇很有吸引力，日子也很安定，可我并不喜欢。那时，我认识了一个学医学影像学的姑娘，出生在中医世家。小时候父亲就教她背诵中药名。她曾说起自己的往事：小时候到父亲的单位，父亲的同事听说她会背药名，就拿着糖罐儿逗她，每背一个药名奖励一颗糖。于是，她绞尽脑汁，摇头晃脑地把能记住的都背了一通。叔叔阿姨把整个糖罐分完了，啧啧称奇，将她视为神童。

"原来背药名就可以换糖吃！"从那时候开始，她就暗下决心，自己将来要做医生。

因为是在实现医生梦的过程中，所以，读着比人还高的教材，通过复杂的医师资格考试，这些都变成了虽然痛苦但却值得的事情。周末的时候，我会与这位姑娘结伴去图书馆看书，她永远都在角落的图书库里找医学专科书，看到新兴的知识便抄写下来，去向老师核实这个技术到底在中国发展到了什么水平，有什么适应证和禁忌证。长长一溜儿的医学名词，她拿小本子记下来，早晚都要看一遍。

这种因为喜欢而产生的力量，让我心生羡慕。就像我从不曾感受过那盒糖罐里的糖有多么甘甜，我也没办法在消毒药水味里找到自己的人生定位，只能循规蹈矩，且行且止。

我也安慰自己：或许每个人都是这样，在迷茫中平平淡淡过一生，我同他们，并没有什么区别呀！

后来机缘巧合离开医院，开始从事媒体工作。刚开始，工作之间巨大的性质差异像浓雾袭来，赶项目时频繁加班耗血伤津，与甲方打交道让人脑仁直疼。我心里缠绕着无数问题：放弃值得吗？未来看得见吗？我是否做了错误的决定？

但这种迷失只存在了几天就烟消云散——因为我尝到了这块糖，舔一口，就甜到了心里。

第一份工作是纸媒。看见自己编排的文字在印刷机器里来回滚动，看见成品像婴儿一样从诞生到成长，到最终成为一个俊俏的美少年。这不就是我一直想做的事情吗？

想起小时候坐在图书馆里，总是与闲书为伴。每每到了闭馆时间，总要被驱逐才不舍离开，多想要书香长伴左右。而如今，突然有了控制图书的权利，虽然是小力量，但我会因为它的日益壮大而欣喜若狂。

后来，我开始写作，从菜鸟升级的过程颇为波折。时间有限，我忙完纸媒的工作，还要利用八小时之外的时间来写作。

那段时间,我的眼睛损耗得很厉害,上班长时间与电脑为伴,一回家就继续趴在电脑上写作,熬得满眼通红,倒也不觉得有多么辛苦。

我不是擅长交际的人,脑子也慢,遇到陌生人总要花上一些时间才能熟稔。而做媒体,你需要有"速成"的交际能力。我不是"意见主义"式的人,觉得日子风平浪静地过着就好,顺应天时而活,岂不快哉?而写作,就是逼着你坦陈自己内心的观点,让自己与自己博弈。哪怕不太确信的观点,也必须用笃定的语气阐述。就像学医时要逼着自己每天读医学书一样,我必须逼着自己每天和各种各样的陌生人打交道,训练自己挑选喜欢的方式来表达观点。可是唯一不同的是,我趴在图书馆里冷冰冰的书架之间寻找新话题时,内心是充实的。

实现梦想的过程,就像是小时候喝中药,每喝一口都会舔一下糖块,心里想着:快好起来吧,快帮我将身体里的小怪兽都赶跑吧!

梦想会带来痛苦,这是无疑的。凌驾于现有情况之上的"野望"才叫梦想,正如中医里面说的"过思"则愁,梦想就是"过思"中的一员。但这痛苦只是在别人看来,在你心里你比谁都清楚——它是甜的。

如果你还是觉得苦不堪言,那就要问一问自己的内心,是否是真心喜欢它,是否真心想要实现它。食之如鸡肋,不如弃之,换一饴糖。

14 躯壳比梦想更重要

【无论如何,不要用身体来拼人生。因为到了最后,你会发现,人和人之间最大的竞争,不是比谁赚得更多,谁更成功,而是比谁活得最久。在人生这场马拉松赛道上跑最久的人,才是真正的赢家。】

2004年12月13日 星期一 晴

这几天我得了重感冒,扁桃体化脓了,很疼,上下楼气喘吁吁的,才走一躺(趟)就会头晕。现在,我可再也不敢踢被子了,只好老老实实地靠自己的耐力。

今天又是一个不可多得的好日子,我与阿彬做班级值日。这在别人看来可能是一件坏事,但我们看来却是件天大的好事:我们又可以拾到不少垃圾瓶了。我们飞速值完日,阿彬提包，王一站岗，然后轮流拾。

今天的垃圾箱似乎特别脏，我小心翼翼地把穿着新皮鞋的脚，踏入乱糟糟的垃圾堆里，运气不错，开了个好头。我们之前在课间操时拾到了两个易拉罐，可是放学时当我们急匆匆地赶到垃圾堆时，已经没有易拉罐了。我们拾了一个袋子，用了将近半个钟头才找到一个易拉罐。出师不利，我们看天色已晚，于是转回教室苦苦寻找，只找到一个易拉罐和两个小瓶子，还有一些零碎的瓶儿。

接下来更糟，我们好不容易走出校门，竟撞见了阿婆。真见鬼，她竟发现了我们手上的东西，但只是勉强的(地)笑笑。她不会告诉老师吧？我们心里忐忑不安。

我们走到夜市，由阿彬和王一在那儿看着，我去找收购的人。我为了节省时间，跑了几条街，平时跑几步就会胃疼的我竟从学校坚持跑到了新闻大厦，又跑回学校。刚跑到夜市，我的腿就像灌了铅似的，只为心中的那个小秘密，我坚持了下来，可惜一无所获。

阿彬也开始找，找到了几个，可是竟在离学校挺远的国际会展中心。我精神大振，为了心中那个瑰丽的梦想，我一口气跑到了会展中心才及时叫住了准备离去的废品收购员。我们汗水满颊的(地)卖了六角钱，每人分了三角。看暮色将至，应该快6点了，我才慌忙跑回家，心里还美滋滋的。

回家后我发现袜子黑一块青一块的，裤子也不知道什么时候多了几个脚印。卷起裤管，看见双腿上醒目的两处瘀青，我叹了口气，揉揉疲惫的双脚，心满意足地把钱放入了钱包。

以前我一直认为精神力量是凌驾于身体力量之上的。精神的虚空，让它不囿于一隅，比起身体力量，似乎能涉及更广袤的境地。

实际上，没有任何思维比这个更狭隘。

我曾说过梦想会让你忽略许多痛苦，身体表面的痛苦首当其冲。对于十岁的我来说，一场小感冒和能赚几角钱相比，根本算不了什么。

十岁的孩子是嗜睡的，每天多睡一刻钟都是极好的。学中医之后，老师总说"不违天时"，即不要违背自然规矩。这其中包括了人与自然的规律，也包括了人自身的成长规律。

现在流行"挫折"教育。精神上的"挫折"我不置可否，但我能确定的是，"挫折"了身体，未来也不一定会变好。十岁就是一个爱睡爱玩爱吃的成长期。树木抽条尚需春风，现在想想，十岁时的自作聪明，反而让现在的我既敬佩又后悔。

写这篇日记的时间是十二月，正值寒冬。南方的冬天是没有暖气的，室内外温度同样低，甚至室内还更冷一些。我每天为了早起，半夜偷偷把被子"蹶"了去，等到凌晨时分天凉起来，自然而然就会被冻醒。一起床，就看见双脚冻得没有血色，整个人从头凉到脚。

现在，我也再没有毅力在南方冬天的被窝里伸出哪怕一根脚趾头。更多的原因是我学会了预估后果，也知晓它对身体的伤害。

那段时间我频繁感冒，每天裹着厚厚的大衣上学。而美好的初衷当然没法实现，我只能花更多的时间来应付疾病带来的疲惫。

一个感冒的病人，效率总要比其他人低一些，就算只是拾荒这样的小事。每次下课，王一都过来摸摸我的额头，确定我没有发烧后问我："你不是前几天才感冒的，为什么今天又感冒了？"一点儿也不担心会被我传染。

偶尔，王一会从家里拿点药，说是自己感冒的时候吃的。每天下课后我们仍然腻歪在一起。

而阿彬通常要戴个口罩才敢远远地靠近我。她很聪明，做事也机警，很多时候她总要确保自己万无一失才开始做。这种无论任何时候都能先保护自己的个性，偶尔会让当时的我觉得讨厌。我总是英雄主义地想着，朋友就应该像香港电影里那样，两肋插刀才对。

感冒的时候，我依然要出去拾荒，最大的好处就是鼻子塞住了就闻不到垃圾的味道。这样我就可以两只手一起扒拉垃圾，不用腾出一只手来捏住鼻子。我甚至有点喜欢上感冒了，在十岁那年的冬天，这种短暂的没有臭味的时光，是多么难得。

还好，十岁的我是个看上去身强体健的小姑娘，很快又能在日记里，自我安慰地向前奔去。

从前总听老人说，身体是革命的本钱。内心里就暗暗回应着：都是些过时的老言论，老人家才担心身体呢！我年纪轻轻，擅跑喜动，受得住冬天在寒冷的大山里过夜，也能在夏天不抹防晒霜满街跑，一顿早饭不吃，过饥食饱也就忘了，通宵工作第二天仍能红光满面。

我太年轻了。一旦慢下来，就有人急切切地在后头追赶。我一驻足长停，就有好为人师的长辈循循善诱："你现在正是事业的上升期啊，人生就这几年好光景，错过了也就错过了。"

如果在我体内有同等的身体力量和精神力量，我甚至特别希望能让天平倾斜一点，拿身体换几个英语单词、几本学习材料、几个好的人脉关系。

这些年，我开始陆陆续续地收到生活给我这些不良行为的"回馈信"。

从前的我，在宿舍里背复习材料到凌晨六点，八点还能赶去考场。而现在，每次熬夜过后我就如同被抽去了筋骨，在半夜都能听到自己的心脏持续快速地跳动。第二天一照镜子，只见痤疮满面，活脱脱一张内分泌紊乱的脸。

　　从前的我，为了减重可以连续几天不吃晚饭，将寒凉性质的黄瓜当主食。这并没有带来所谓的"好身材"，反而带来了如今不胜药力的虚弱肠胃。

　　医学实习时，见到了更多这样的例子。很多人因为复习时的一次感冒未重视，发展成慢性鼻炎，继而记忆力下降。也有人因为练习时的一次踝关节损伤，导致终生受踝部不稳定感的困扰。

　　有的时候连我自己都不敢相信，原来二十多岁已经到了自尝苦果的年纪。老人家说的"终有报，时候未到"，在健康方面还真是灵验。

　　任何采用透支身体的办法获得的成功都不是自己的。透支的钱，在未来是要还回去的。透支的成功，在未来也是要还回去的。

　　这个世界如此守恒，你何必挖空心思想着多贪一点呢？

15 河对岸的少女

【没有规矩不成方圆。而我时常猜想，在太懂规矩的人背后，藏着些什么呢？太懂规矩的人容易赢，也容易输。因为当手里的每一张牌都是坏牌，想要赢一把的唯一办法就是打破游戏规则。】

2004年12月15日 星期三 晴

今天我们从第二节课便开始计划着放学后的行动，王一把垃圾罐从家中带来，小颖把自己班上的罐子偷偷带下来藏在垃圾桶后的秘密地点。放学后，我把书包寄放在阿彬家，小颖把书包寄放在王一家。开始出发了，我们先往公园走，路上拾了两个薄壳瓶子。

蓦然回首，我们看见三岔路口有一辆收购车正在远去，小颖大声呼叫，收购车吱的一声停下了，我们提出一个塑料瓶一角,他欣然同意。我们数了数,共一元五角。

"叔叔,哥哥,行行好吧!多给我们一角吧。"小颖装可怜的(地)嚷,叔叔有些怜惜又犹豫。

"求你了!"

"我们缺钱呀!"

我们使出几个女孩的"秘籍"——死缠烂打的"美人计"。

"那我看看有没有零钱。"叔叔说着掏出钱包,我们迫不及待的(地)抢了一角,然后奔向桥对面,向一位卖橘子的大姐姐换来了零票(钱)。

我们一路狂跑,兵分两路。我与王一径直往公园里跑,我们在公园里溜达了半天,夜色将至,我们仍旧一无所获,人出来了,心还留在风景里。小颖来找我们,我们进了公园,小颖看着一个一个垃圾桶,甚至把裂开的桶打开。我们又兵分两路,我和王一朝左跑去,如几只饥饿的狼看见了小绵羊,我们挨个垃圾桶找。到了游乐场,我们从垃圾桶中掏出了一个塑料瓶,被一个环卫工人看见了,他朝我们两个胆小的女生喊,我们吓得妈呀一声跑了。

我们找到小颖和阿彬,她俩更绝,我们找到她们时,她们正向一个人要罐子,袋子里也还有一个要来的罐子。小颖说:"姐姐,你瓶子里的水还剩多少?"那个人晃晃瓶子,还挺多。她似懂非懂,又饶有兴趣地问:"你们拾这个做什么?"

"卖钱！"小颖不假思索地回答。

对方又问："卖钱干吗用？"

小颖装出一副可怜相，委屈地说："我们是……贫困生，家里没钱，我们要挣下个学期的学费。"

我们连忙附和着点头，我忍不住想扑哧笑出声来。对方挺爽快，一仰头喝干了瓶里的水，把瓶子投到袋子里，又拉开包，拿出一个皮钱包，给了我们两角硬币。小颖接着"宣传"："我们家太穷了，我们是三胞胎……"对方又拿出五角钱（纸币），收回了硬币。正好，今天我们三个都穿着毛衣，外面是校服校裤，因为有体育课，我们全穿的是兼（廉）价的布鞋，一脸穷酸相，还挺像那么回事儿。

不过，仅此一次，下不为例，这种坑蒙拐骗的事可千万不能再干呀！

2004年12月15日，我第一次遇到小颖。

小颖其实不小，她的年纪比我们都大，是六年级一班的小姐姐。

小颖天生是个美人，瓜子脸细眉梢，一抿嘴现出两个深陷的酒窝。怎样才能形容这种美呢？算起来，她那时候也不过十一二岁，留给我的印象却不是好看，而是"绰约""风情"这样女性感极强的形容词。

无论你是否承认，这个世界上总有人比我们更早懂得这个世界真实的样子，懂得察人言观人色。

在我的记忆中，小颖就是这样一个人。她似乎天生就能对这个世界冷眼旁观，并且循循善诱地教我认识这个世界。

小颖家住在"河那边"，每天上学都要从桥头走过。若是看见我们，她就会从对岸飞快地奔来。

"我想死你啦！"

她对谁都这样说，热忱而充满诚意，然后就打开话匣子叽里呱啦说个不停。人总是喜欢听些褒奖的话，而小颖总是说得极其有技巧，让人不觉得是奉承讨好，而是真心实意。我总怀疑小颖有个像叮当猫一样深不见底的口袋，里面装着一堆好听的话，听得人心里暖洋洋的。

每次放学后一起经过小卖铺，小卖铺的阿姨大老远就招呼她："小颖过来，姨娘拿好东西给你吃。"

她嘴里被阿姨塞满零食，却还能做出一副很惊讶的样子："哎哟，姨娘，你今天这头发哪儿烫的，真是好看死了！回头我叫我妈也去烫一个。"

临走还不忘回头笑嘻嘻地喊："姨娘，我去了哇！"

平时对我们凶了吧唧的老板娘就堆着一脸笑："去吧，小颖，路上小心。"

同为拾荒人，待遇各不同。不由得让人感叹一句："世态炎凉啊！"

小颖第一次去我家，一进门，鞋还没脱就冲着里屋喊："叔叔阿姨，你们好，我是项瑶的朋友。叔叔阿姨把地板拖得太干净了，我都舍不得踩，能给我拿双拖鞋来吗？"

我的父亲母亲就迅速被这清脆的小声儿给征服了，全程都在夸她有礼貌。

看到客厅里父母的合照，小颖夸奖道："项瑶，你真是集合了你爸爸妈妈的所有优点，大眼睛像爸爸，嘴巴像妈妈一样小小的。"

当着父母夸女儿，顺便转弯抹角地把一家人的"颜值"全夸了个遍。

吃到母亲毫无技术含量的菜肴，她也能夸得当时还是"厨房杀手"的母亲心花怒放。

别人行事靠手，小颖行事靠嘴。那时候我才觉得原来"铁杵磨成针"不一定是真的，就凭小颖的嘴，一定能哄来十个大汉为她通宵达旦地磨铁杵，到时候磨成铁末都是可能的。

年少时依样画葫芦的能力总是很强，我们三个也从小颖那儿学到了许多嘴上功夫。

拾荒的过程中，我们开始四处寻找机会，然后直接求情讨要瓶子，大家也都不好为难一群可怜兮兮的孩子。回来的路上，我们各自拿着战利品谈起今天遇到的"贵人"，不知羞地谈笑着。

小颖说，对见到的所有女孩子，无论年纪多大都要喊"姐姐"，不能喊"阿姨"。

小颖说，对所有牵着小孩的妇女，无论孩子多磕碜，女孩都要夸漂亮，男孩都要夸聪明；实在没话儿了，就夸他长得壮、长得高。

小颖说，和老人说话，如果最后带上"寿比南山""福如东海""延年益寿"这些词，对方就会觉得你很乖。

但我恰恰是个对着陌生人半天憋不出一句话的孩子，连逢年过节对着亲戚朋友都喊不出"新年快乐""恭喜恭喜"这样的漂亮话。我心里很矛盾，不知道该讲真话还是假话。

那时候我已经能理解"圆滑"这样的词，却不愿意违逆自己的本意，不甘心做个"圆滑"的孩子。

可是小颖做得那样得心应手，那轻松劲儿真是令人神往。她年龄比我们大，又有一张巧嘴，马上就荣升为我们中的"一姐"。

终于有一天，我发现了小颖的秘密。

犹记得那是福州的春末，小颖带着我去"河那边"玩，我们用小捞网去捉礁石边的蝌蚪,她崴伤了脚,我们就到她家坐着。

坐了一会儿,里屋传来噼噼啪啪的声响,然后木门一开,出来一个衣冠不整的男人,慢条斯理地系着裤腰带。

我以为来人是小颖的父亲,便害羞地躲到她身后。但我总觉得奇怪,因为小颖不似平常那样马上说出好听的话,反而静默着,半晌都不说话。

"小颖乖,快叫你张叔叔好。"里屋传出个柔软适耳的女声,"这孩子真不会说话,常来的张叔叔,你怎么不认识了?"

听闻这话,小颖愣了一会儿,一副努力回想的样子。小颖很快又变回了那个熟悉的小颖,漾起两个可人的小酒窝,迎上前去,说:"张叔叔,你可来了,我妈妈等你好久,我也可想您了……"

她大概不记得自己曾经沉默过。在她的童年里,不知道对着多少"张叔叔""王叔叔""李叔叔"说过同样的话,在如此频繁的迎来送往里学会了所谓的"礼貌"。

那天,她送我回到"河对面"又转身回去。而我站在她身后,看着她一瘸一拐地走着,那背影就像是夕阳下的最后一个武士。

我已经好久没有见过小颖了,也不知道她现在是否更愿意保持沉默。我心里无数次浮现她送走我时的背影,默默祝福:前路凶险,好自为之。

内心饱满的人大多是沉默的,他们深思寡言,立场坚定,不需要摆出迎合的嘴脸。而对于规则有着天生敏感的那部分人,只是在用自己的妥协迎合来维系安全感,换取一部分话语权。

哪有少年老成这样的事儿,多半只是对于忍受过的苦难不自知罢了。

总有人对这个世界的法则烂熟于心。我们一路拾荒,一路也把世界看得更清楚。

16 陈老师

【我深知老师也是普通人，我深知给人贴标签、分阶级大概是人类共有的习惯，但一个真正的老师应该做矛盾的平衡者，而不是做一个煽动人心的加害者。】

2004年12月14日 星期二 晴

今天我和小颖、阿彬约好去拾罐子，小颖是这天值日，她把班上所有的罐子以倒垃圾的方式带下来，我们从中找到了5个塑料瓶。我与阿彬在垃圾桶旁继续找，刚开始，我们往垃圾堆里一瞄，便发现了一个易拉罐。我们以为开了个好头，能拾的（得）容易些。可是再也没有看到易拉罐，只拾到了一个塑料瓶和3个小豆奶瓶子。

我们在臭烘烘的垃圾桶旁，苦苦的（地）寻觅。我们就地取材，拾起一个坏了的簸箕，把铁皮削去一点，磨成钝头，成了一个锄头形和平板形的。又从垃圾堆中铲出了一个破得很厉害的垃圾桶，我和阿彬把袋子套在上面，只要用袋子一托，就可以使垃圾筒里的东西掉到袋子里。袋子嘛，是从一个班级的袋装垃圾上解下来的，我们还捡了好多信封与信纸、纸皮等。

  我们从别的班级捡出一张完全不能用的铁椅和一张挺可爱的小凳儿，可惜腿已经断了。我们又从垃圾堆里掏了一个箩筐，是木条钉成的，挺不错的。我们把面目全非的椅子挨在垃圾箱口上，在后面铺上纸板，最未（末）处放上的小凳儿倒着放上，铁椅上用箩筐叠高，形成一条从垃圾堆外通往垃圾箱的小路，我们小心翼翼走上去，拼命的（地）铲啊、掏啊！阿彬发现了好几次，但换来的是一次次的失望、扫兴。直到小颖值日完下楼，我们还是一无所获。

  我们好不容易等六（1）班与小颖一起值日的同学走了，匆匆跑进教室。结果却被刘老师发现了，我们灵机一动，把垃圾随手抛入身边的讲台柜上，一边把身体转向黑板，做出擦黑板的动作。阿彬动作灵敏的（地）拿着墙角的扫把，一边扫着，一边朝我喊："项瑶，别磨蹭了！快擦！"说罢还冲我挤眉弄眼的，我理（领）会了她的意思，随口回她一句："你也快点，来帮我擦吧！"刘老师说："你们是值日的吧！"

说完就进来检查。恰巧，垃圾袋从柜里掉了出来，罐子撒了一地，我忙用脚遮住，吓得不敢吱声，心里像揣着一只小兔子似的。还好刘老师近视，没看见，叮嘱几声就走了。

我们飞快地跑去找小颖，这时六（1）班的艳华与郭含竟躲在门口吓我们。我们被吓得魂不守舍，怎么办？阿彬碰碰我的手，我赶紧缩回来。小颖却若无其事地把他们驱走，好险！之后我们觅到一辆收购车，卖得了九角。哈哈，我们又赚了，太棒了！

我们班有一个女孩跟老师走得很近，暂且称她为赵婷吧。赵婷的母亲是附近的公务员，住在老师家对面，是个非常势利滑头的中年妇女。

我们两家住得不远，所以时常能够看到那女人扛着洋酒、数着购物券去老师家。连我父母有段时间都忧心忡忡地私下讨论，如果收礼如此猖狂，我们家是不是要备些薄礼，以免女儿在学校受欺负。

赵婷也继承了母亲的"审时度势"，时不时跟在老师身边，带着极其懂事的眼神，帮老师做一些力所能及的事。

我不知道是不是每个人的学生时代都有这样一个女同学，优秀到老师可以将她所有的缺点都忽略不计。

赵婷和很多成绩优异、受老师宠爱的学生一起玩，欺压所有成绩差的孩子，最喜欢说的一句话就是：你再这样，我就告诉陈老师。

所有成绩差的孩子都非常恐惧，这种恐惧到了什么地步呢？就是他们心里都非常明白，如果自己惹怒了赵婷，无论错误在谁，最终被陈老师惩罚的都是自己。

我那时候成绩挺好，也曾是被赵婷拉拢的伙伴。

赵婷来拉拢我们的时候都会说"我让你跟我在一起是为了保护你"这一类的话，言下之意是我能看得上你，让你和我一起拉帮结派，那是你的福分。

小孩子是很天真，但是也都知道话语权在谁的手上。赵婷就像法官旁边的副手，成为能够左右权威的人。而陈老师不是一套合格的法律，她摇摆不定，随时变动。

赵婷会动用自己的"权力"，要求别的小伙伴送零食、帮写作业、上交零花钱，谁最巴结她，她就对谁最好。得到了她的青睐，实际上就等于得到了陈老师的偏袒。

后来，我和几个同样不愿活在赵婷束缚下的小伙伴，另组织了一个小团队。每天下课带着那群没办法挤进主流世界的小伙伴玩。

我们下课占不到最好的玩耍区，放学占不到乒乓球台，体育课只能用他们挑剩下的破足球和旧球拍。

但这些都没关系,我们心想,井水不犯河水的日子,总比被人控制要好。

五年级的学校儿童节会演,我们的小团队出了节目,是蔡依林的《看我七十二变》的歌舞版。

那时候很少有听CD的,大部分学生还是拿听英语的复读机来听音乐磁带。

我们在沙沙的音质里,记着歌词,背着旋律。在我们的小团队里,虽然有很多是读书不太好或是不用功的孩子,但他们很有文艺天分,对这个世界的看法就像这旋律,善意而温暖。

我们都相信"看我七十二变",喜欢着那句"人定可以胜天,梦想近在眼前"。

一直到少先队活动,我们班都只报备了我们一个节目。层层选拔后,活动通过了,可以在校级晚会上演出。我们还没来得及兴奋,就收到消息:赵婷找了一群人,准备练习《看我七十二变》。

我们中间几个有文艺天分的孩子去找陈老师反映情况,这时候,陈老师做了一件让我一生都不能忘记的事情——她劝我们把机会让给赵婷。

"表演这种事情就应该交给成绩好的人去做,你看赵婷她们学有余力,才可以兼顾课外活动。你们呢?连念书都念不好,有什么好表演的?谁要看你们表演?"

我不知道这句话对当时听到这话的同学有着什么样的影响,但是我们其中的一个女孩子,现在参加音乐比赛获奖,在北京做艺人。

我记得当时她从办公室里跑出来泪流满面,也记得我们曾在学校的大榕树下抱头痛哭。

我猜无论多久,无论她在艺术上有多大成就,她都会记得曾几何时自己努力得到的东西,被人强行夺走;而"老师"这个本应代表公正严明的人,却是帮凶。

老师还为"强盗"找到了一个特别冠冕堂皇的理由。在某一个夏天,她轻蔑地说:

"连念书都念不好,有什么好表演的?"

这件事过后,我仍然天真地以为,老师之所以这么做是因为完全不知情。

我以为陈老师只是不知道这件事的始末,才一味包庇赵婷。

再老谋深算的小孩子,也都还没有多出一个心思来揣摩、怀疑老师。

我们想要让老师知道整件事件的来龙去脉,又怕三言两语说不清楚,结果正好有一节课的课堂作文就是"给人写一封信"。

一群五年级的小孩子,在课间集体约定选择用写作文来揭露真相。这是我们唯一能找到的确保老师能看到的表达方式。

我们都相信,了解经过后的陈老师会理解我们的决定,站在我们这一边。

结果一周过后,我第一个被叫去办公室。

我永远记得那种眼神,是还没调查就已经否认你的眼神。

陈老师把作文本卷成个硬邦邦的轴,戳着我的脊梁骨说:"你这个小孩心怎么这么坏?你知不知道在背后说同学坏话,还用写作文这种方式,是多么恶毒?"

对,我没有记错。她形容我的这个词,是"恶毒"。

迄今为止,我都没有办法想到一个词的恶意程度胜过"恶毒"。

我也不相信,我自己对这个词的记忆,是因一个老师而起的。

然后,这一周的课上老师当堂念出通篇作文并批评了所有肇事者。我们都在赵婷愤恨的目光洗礼下,度过了那一节难熬的作文课。

我是个早熟的小孩,小学的时候已经能写一手非常流畅漂亮的作文。

自那一次过后,每篇作文我拿的都是"及格"。小学时的作文等级分为"优""良""及格""差"。"及格"基本就是全班的最末水平。

而且每篇作文之后,她都用红笔写着评语,我能记得的大概是:作文不是让你用来骂同学的,你把作文用错了地方,小孩的心肠不能这么坏。

每一篇,篇篇通红。

而当时一起写作文的"坏孩子",无一能逃脱这种被"批红"的命运。

比我更惨的,是那些本身就因为成绩不好未能进入班级主流的孩子。他们因为这件事被挤到更暗无天日的角落,有几个甚至被迫转校或是从此厌学。

然后我把事情的缘由,原原本本地告诉了母亲。

老师已经不能信赖,如果母亲再没有摆出一个让我信赖的态度,我可能就此放弃了。

还好,她说:"不可能,我家的孩子不会做这样的事情。"

我感谢母亲那时候带我去学校,以家长的立场委婉地告诉她"你需要调查清楚",而不是告诉我"忍忍就过了";不是告诉我"你差劲透了",而是告诉我"女儿,你的作文写得特别好"。

我现在偶尔会想到,未来我也会有自己的孩子。

就算阶级是社会发展的必需品,我也不希望这一切过早地介入他的生活。

如果说清澈的眼睛终究会变得浑浊，那我希望那一天来得越晚越好，而且我希望他在人生最初的教育中能读懂什么是对的，什么是错的。

我希望他看到无奈的现实时会如坐针毡，能意识到这一切是亟待改变的，而不是熟视无睹、理所当然、习以为常、坐视不理。

最近一段时间，我在看一部韩剧《记忆》，其中有一集就提到了校园霸凌的问题。男主人公是律师，他的儿子在学校遭受霸凌。

老师先是叫来了男主人公和妻子，在妻子提出"我信任我的儿子"时，老师用"一般学生家长都是这么想""可能是你们家长不了解孩子"以及"你儿子经常和对方吵架"为由，坚决认定主人公的儿子是错误的一方。

在和解会的时候，在男主人公严谨的思路下，终于有证人愿意出来证明他的儿子是受害者。

那孩子说："因为施暴者是董事长的儿子，所以告诉老师也没用，才一直没有说。"

老师就是孩子的世界里判别一切的公正法官。对于任何一个孩子来说，最可怕的就是：老师是不可信任的，老师是偏袒的，老师是不公正的。

长此以往，孩子的世界会被引申成：这个社会的准则是不可信任的，这个社会的准则是偏袒的，这个社会的准则是不公正的。

　　当法官都不能给予一个正确的审判，这是一个怎么样的世界？

　　我特别想对所有做老师的人说，你虽然好像只是平凡的工作者，却是一群孩子心目中的法官。你的价值观、人生观，都在侧面影响着他们。

　　可能每个学生只是你教学生涯中的一个小小过客，而你却是在某段时间内塑造他们心灵的唯一导师。

　　你引导出一个怎样的集体，其实决定着孩子未来想要创造一个什么样的社会。

　　如果老师不作为，就可能就会有更多校园霸凌事件。

　　"和颐酒店事件"过后很多人提出"拒绝沉默"，在这里也同样适用。如果老师沉默，就是在帮助加害的那一方。

　　何况，这也是家长乃至社会加在老师肩膀上的期许。

　　我始终认为自己是个非常幸运的人，在受教育的过程中屡遇贵人。

　　初中的时候遇到了非常好的老师，那时候我开始在杂志上发表作品，她会私下偷偷对我说"这节课你可以不要按照命题写作文"。高中时遇到了非常好的老师,他会告诉我们"要睁大眼睛看世界",上了大学后依然时时得他提点,让我即使学医,也不要放弃写作。

我时常自我安慰,或许正是因为年少时的遭遇,老天才做出补偿,给我派来了后续的贵人。

幸好是在年纪尚幼的时候遇到了,孩童时期忘性大,才不至于真正影响到我的性格发展。因为时隔已久,疤痕渐淡,不至于在午夜梦回时,想起她的脸,还恶心和反胃。

但就像在木板上钉了一个钉子,就算过了很久之后把它拔掉,也会留下一道钉痕。

我想可能有朝一日会带着书回母校,如果有机会,我想拿给她看看,哪怕只是翻一翻目录也好。

我好想告诉她,那每篇作文后面用红笔留下的字迹,都是我的噩梦。

到了这个年纪,我已经没有任何"快意恩仇"的冲动。只是很想告诉她,她曾经用来羞辱我的文字,我已经能握在手中当作还击她的工具了。

我很想让她知道,如果那时候是因为她的年轻而犯下的无心之过,那么我已经原谅她了。只是,但如果还有机会遇到和我一样的孩子,请你用心善待他。

最后，用《记忆》中男主角在和解会上说的一段话结尾：

"无药可救这样的话是不能随便说的。"

"教育工作者不该说这种话。"

"你说谁无药可救？"

"是不仅沉默，还把受害者变成加害者的学校吗？"

17 这世界不温柔，你得对自己好

【这个世界有时没有想象中那么好，会落下冰雹，也会下起连夜暴雨。没有人会每时每刻为你撑伞，提醒你添衣。你要时时刻刻对自己好，你的"自私"是对自己最好的尊重。】

2004年12月16日 星期四 晴

最近我发现自己越来越"野蛮"了，既（竟）像泼冷水似的把修电脑的工作人员着着实实的（地）骂了一顿。我也不知道这样"野蛮"下去，是好是坏。

今天我与小颖、阿彬从第一节课就开始打探情况，我们发现晓倩带可口可乐是易拉罐装的，我们恨不得马上抢过来。第二节课下课，我们发现陈兴手上有一瓶剩一半的"醒目"，我们俩得意万分。下课，小颖告诉我们，他们班上正好也有一个塑料瓶。放学后，我们每人拿着一个瓶子，当作自己的饮品带了出去，刚出门便遇上了收废品的。为了不让附近的同学发现，我们跟了他一阵才去卖。一共赚得三角钱，我们每人分了一角。我们正准备散伙儿，忽然看见一个小薄皮瓶，我们又不舍得散伙儿了。

　　沿路走了一阵子，在报亭口发现了一个买书的叔叔摩托车上有个塑料瓶，可惜里面还有半瓶可乐。小颖想都没想就开口问："叔，瓶子能给我们吗？"叔叔哈哈大笑说："拿去吧！你们拿去干什么？"我躲在小颖身后，不敢吱声。

　　"卖钱。"小颖有些心虚，不像以前那么自信了。

　　"卖钱干什么？"

　　又重复了昨天的问题。我们赶紧掐掐小颖，她似乎明白了什么，冲我们眨眨眼。

　　"我们……"她没有轻易说出来，那叔叔也没有再过问，把瓶子给我们后便走了。我们饥渴难忍，看着那可乐发愣。小颖拧开瓶盖递给阿彬，阿彬嗅嗅又递给我，我又还给小颖。小颖用手抹了抹瓶口，咕咚咕咚喝了起来，我们抢着喝完才想起来，那叔叔要是有病怎么办呀！我们把瓶子卖了两角钱后，忧心忡忡地回家了。

　　嗯，以后再也不能随便喝别人的饮料了。

"苦惯了，再吃就不觉得苦了。"老一辈人总是这样说。

这句话里的道理，似有又似无。传记里总是写，被苦难洗刷过的前半生，会孵化出光芒四射的后半生。赞同的人觉得，吃苦会让人的痛苦阈值升高，在下次遭受更剧烈的痛苦时不至于疼痛难忍。

这个我承认，但"吃苦"这件事情是有消极作用的，因为"太苦"而抵不过诱惑，容易陷入一种"只要看到顺路都想走，而不管终点在哪儿"的心境。也可能会因为"太苦"感觉到人生无望，格局越来越小，吝啬成了习惯，狭隘也成了习惯。心境太窄，看到的世界也愈发不美丽。

我们中间吃苦最多的是阿彬，其次就是小颖。但她们俩又略有不同，我总能看到阿彬在小心翼翼地维护着自己的自尊，小心翼翼地评估一件事情该不该做。而小颖对苦难的耐受力特别强，什么事情咬咬牙就挺过去了。

我们拾荒的时候，口袋里多了一些钱，小颖和阿彬都要拿钱去补贴些家用。小颖连一瓶水都不敢买，但阿彬会。大概因为从前看过了太多苦难的样子，所以她更懂怎样对自己好。

小时候，我觉得小颖很仗义，而阿彬很自私，她什么时候都在想着把如何把自己保护得更好。逐渐长大我才明白，那些所谓"自私"，未必是不好的。

每次拾荒，阿彬都要先用塑料袋把自己的手脚绑好，才慢吞吞地踏进垃圾堆。捏着鼻子，迈着碎步。看她一步一步走着，简直是步步留心，每走一步都要思忖再三，再左顾右盼地选择一条垃圾最少、脚又不会陷下去的路。如果有其他的工具，她便不用手拾，远远拿张纸巾捏着，又是挑又是翻。有时工具不得力，一不小心就翻到了我身上。

作为合作伙伴，我倒是不介意被垃圾溅到身上，但我最看不得她这慢吞吞的样子——凭什么所有人都手脚麻利地进去，只有你显得这么"娇气""金贵"？

有一次，我们终于因为这件事情忍不住吵了起来。那天我们去一个废弃已久的建筑工地拾垃圾，小颖早已经踏了进去，阿彬却一直在附近找可以用来套手脚的塑料袋。我一时焦急，就冲她吼："别套塑料袋了，先过来！"

但阿彬不听，仍然很固执地要找到塑料袋。她说在来的路上，离这里没多远有看到几个塑料袋，准备过去拿。

我小时候的性格也挺冲，情急之下就走出去呵斥她："别把自己当公主好不好？我们都踏进来了，只有你最娇气。"

王一也来帮腔："阿彬，踏进去也没关系的。"

"我们都是直接下手捡，只有你一个人在那里套塑料袋，凭什么你就搞特殊！"我怒气冲冲地喊。

我是新仇加旧怨，所有的债都扯出来算。几番推搡过后，阿彬突然像是被激怒一般破口而出："我才不是公主。你们要是在这里染上了病，你们回去都有爸爸妈妈照顾。我要是染上了病，谁来照顾我！"

她说罢低头，像个做错了事的小孩子般低声重复着："你们都有很好的爸爸妈妈，只有我没有。你们都有人照顾，只有我没有。"

那时候，我觉得这些都是阿彬想要偷懒的借口，一点儿也没有想着要谅解她。世界上本身就没有将心比心这件事，两个境遇不同或者是火候不到的人，是难以互相理解的。

长大之后我才渐渐能理解阿彬——因为在这个世界上没有得到太多来自他人的眷顾，又不想长成一只布满毒刺的刺猬，所以才更要加倍地爱自己。

爱自己是应对挫折的最好办法。人都有受挫的时候，感觉到自己被全世界抛弃。这时，要用自己对自己的爱护，来平衡来自外界的打击。

因为别人把我们当成垃圾，所以我们更要把自己看成是珍珠。在这世界不温柔的时候，只有我们自己能对自己好。如果连自己都不珍爱自己，也不值得别人来爱。

阿彬比我们更早地面对这个多灾多难的世界，也更早明白爱自己的道理。她不轻易地踏进垃圾堆，不乱喝别人留下来的水,口渴时用赚来的一部分钱来买饮料,遇到太困难的事情就知难而退,用表面的"自私"把自己保护得很好。

相比之下,我们都没有足够爱自己,可能是人在某种环境中就有要去适应它的冲动吧!我们喝过路边捡来的水,用过破烂堆里的作业本,玩过别人不要的遗弃玩具。我们以为,日子多艰难,就会有多大的回报,并且深信不疑。

我羡慕那时候的自己一往无前,就像单枪匹马还在战斗的战士,不管多苦依然能苦中作乐。细想一下,竟觉得那个满身尘埃的孩子离我越来越遥远。

你要"自私"地比别人慢一点点,就算前面是垃圾堆,也要先用塑料袋绑好手脚。只有对生活中零散的美好有所坚持,才能克服生活中大面积存在的艰难。

谈起这种坚持,就让我想到一个人。

我们小学的美术课老师在教我们的时候也就三十几岁,瘦削白净。在十几年前便已穿着民族风服饰、戴着颜色鲜艳的大耳坠子,大摇大摆地来上课。

那时候,不懂事的我们总听见别人形容她:"骚货。"

她太张扬了,张扬得像一只全身布满花纹还要飞到高空给大家"瞻仰"的大鸟。流言总是缠绕着她。有人说,看见她从另一个男人车上走下来,另一个人就回应道:"可不是嘛,我家就住她对面,来来往往的人可多了。"周围就发出一片啧啧啧的声音,其中挟裹着的心照不宣,就好像大家都亲眼看见了似的。只要她一到办公室,大家就作鸟兽散。

小学是划片区的,老师都住在附近。谁家有个风吹草动,很快就通过街坊邻居"一传十,十传百"传遍了整条街。横竖一条巷子,从街头传到巷尾,经过无数位"编剧"的打磨,再平淡无奇的故事都有了个堪称离奇的结局。

"都三十好几的人了,还打扮成这样,都是勾引人勾出来的!"

"穿得那么好,都是其他男人买的!"

可我不懂她们在议论什么。我就是觉得美术老师好看呀!眉眼中透着秀气,花枝招展的,像一只迷人的蝴蝶。

她不管那些流言蜚语,依然我行我素,衣服的颜色愈加妖冶浓烈,远看就像一团熊熊燃烧的火。

每节课她都会布置作业,每一张交上去的作品发下来的时候,背面都要写上评分和评语。别的老师都只分优、良、中、差四级,而她和别的老师不一样,光是优就分成:优-、优、优+、优++。良、中、差也一样的分类法。所以别的老师只有四个等级,而在她那儿共有十六个等级。

"艺术是不可以敷衍的。"发作业的时候,她拿笔杆子敲着"优++"的同学的头:"我给你这个分数,并不代表你已经画得很好了。下次要更用心一点。"

我的学生生涯里,再没有遇到过一个对自己的美术课如此坚持的老师。在一所破落的农民工子弟学校里,她带着我们去公园写生,捡树叶和花瓣做图画,"强迫"全班同学买油画工具,还把"逛博物馆和绘画用品店"作为作业,让我们分清"2B"铅笔和"HB"铅笔的差别。

一群连果腹都困难的小孩子本不应该有的童年,是她,硬生生地掰给了我们。

但那时候,美术老师饱受家长和同事的诟病,甚至作为学生的我们也无法领受她的美意。二维就曾与她有过剧烈的冲突。

有一次,美术老师要教我们国画,让我们提前准备工具。那是我第一次知道毛笔也有好听的名字——"小山水""大狼毫"和"大白云"。老师还特意交代,如果买不齐画具,可以只买一支"大白云"。

我们结伴到绘画工具店买,又买宣纸又买笔墨。二维瞥了一眼,什么都没买就作势要出门。

"我们就买一支'大白云',把课应付过去吧。"大宝拿了一支递过去给二维,二维摇摇头,一副"我就是不买,爱咋咋地"的姿态。我们太懂二维了,谁也没再吱声。

上课的时候,美术老师让大家把画具拿出来,二维双手一摊，空空如也。

"你的画具呢？"

"没有。"

"那你用什么画？"

二维手一叉腰，本就通红的脸蛋更红了："不画就看着呗。"

"你这是什么语气！"美术老师用手指关节敲着课桌，提高声调又重复了一遍，"你这是什么语气！"

她这次是真的恼了，每个毛孔都在发怒，但每个动作又都在遏制着自己的情绪。

美术老师把带来欣赏的画作摔在讲台上，表情严肃地说："这节课，我不上了。"

我们全班面面相觑，在她的威慑下乖乖地传阅她带来的画作。那时候我们还年少，并不知道老师的愤怒来源于什么。

就像她说的那句"艺术是不可以敷衍的"，她用她几乎偏执的坚持交代我们"可不要敷衍自己的人生啊"。

生在破巢里的鸟，更要爱惜自己的每一根羽毛，有朝一日才能飞出去。

尽管美术老师去强迫别人接受"艺术即美好"的行为，在现在看来有失偏颇。但如今回想，我的小学时光里最美好的回忆几乎都来源于她。

我在垃圾堆里站着的时候，看到一片落叶，会想到昨天老师教的叶贴画。

在看到易拉罐的时候,想到老师纤纤玉手一扭,就能将它做成精美的小挂件。

在看到一捆五彩斑斓的纸壳时,会因为觉得它们的颜色与周遭风景如此相得益彰而欢欣雀跃。

我在垃圾堆里成长起来的那些差点儿被忽视的美好,都被她一一拾起。她告诉我,再坏的生活也有另一种样子。

其实,看到什么样的世界是一个人自己的决定。我们总把生活的支离破碎归咎于运气不佳、工作不顺,认为烦恼都是他人惹出来的。其实,这只是因为我们愿意看到、听到或者接受这些信息。

我相信大家都听说过一种"视网膜效应"。一件事情没有进入你的视网膜,你会忽略它的存在;而当你有一天突然关注一件事情的时候,你会惊讶地发现,满大街都是。

如果我们选择忽略它们,那么它们就会慢慢地从我们的视线中消失。

我曾经在异国的地铁看见自得其乐的卖唱者,他们听到我哼的中国歌,心血来潮地写了谱子,同我一起演唱。那一刻他们脸上洋溢着的,是真正来源于工作的快乐。艺术家选择流浪,是为了倾听普罗大众的声音,是为了让大众听到他们的声音。无论是被迫还是自我选择、无法逆转的境地,都把它当成是自己的选择就好了。

有人称视网膜效应是现代的阿Q精神,我不置可否。但某种精神如果能像信仰一样给自己的人生助力,为何不坦然接受它呢?

中岛美嘉曾经唱过一首歌,叫《我曾经也想过一了百了》。中岛美嘉唱得声嘶力竭,绝望中又衍生希望。

中国歌手也曾翻唱过这首歌曲,改编了歌词,用了更明显的比喻。而日文版的歌词则用的是晦涩的意象:薄荷糖、渔港灯塔、生锈的拱桥、废弃的自行车、在码头鸣叫的海猫。

歌里有句话是:我曾想死是因为,鞋带松开了,不擅长重新系起,与人的牵绊亦是如此。

这就让我想到太宰治在《人间失格》里写的:"我本想这个冬日就死去的,可最近拿到一套鼠灰色细条纹的麻质和服,是适合夏天穿的和服,所以我还是先活到夏天吧。"

绝望是细碎的,杀人于无形;可希望这同样的细碎,将人拯救于水火中,等待你去发现。

这世界不温柔,你得想方设法对自己好。

如同美术老师,她是如此热烈地爱着寡淡的生活;就像阿彬,在拾荒时永远不放弃地找着塑料袋。

这乱糟糟的生活,请笑纳。

18 指路者,摆渡人

【"贵人"不是等来的,而是找来的。厚积薄发,把自己变得在人群中闪闪发光是一种办法。主动出击,自我推荐也是一种办法。与其在渡口过尽千帆皆不是,不如放一个"冲天响",让来往的渔船都侧目。】

2004年12月17日 星期五 晴

今天,我骗家人放学要去同学家,其实是与小颖、王一、阿彬三人去拾垃圾。我们上课时发现巧真与晨晨每人带了一瓶咖啡,我们一直盯着看,盼望她们快丢掉。我们不想喝咖啡,只想能拿到那两个罐子。

放学后,我们先到王一家放下书包,然后到学校把早已藏起来的罐子(找出来),又翻出了几个罐子,找到几个破烂袋子就出去卖了。我们溜达了半天，不见收购车，后来问了几辆车，他们都只付5角钱，而我们认为应该付6角。一个缉毒便衣告诉我们："小妹妹，潮福城旁有收购站。"我们诧异的（地）不太相信，直到他拿出证件。我们高兴地找啊找，问啊问，问了一路，终于找到了，可人家说我们拾的（得）还不够5角，勉强给了5角，我们败兴而归。

我们常说"贵人"相助，其实何处求"贵人"？我不知道其他人的梦想是如何迈出第一步的，但我知道一条捷径，就是主动出发去寻找"贵人"。

有了小颖之后，曾经羞于启齿的我们逐渐学会了向别人求助。

可是，我始终迈不过自己的内心准则，觉得"求助"是一件特别不光彩的事情。老师说"自己的事情自己做"，平时找收购车的时候，我宁可绕一些弯路，也不在别人那里交换便利。

小颖一边弯着腰拾垃圾，一边噘着嘴数落我："我和你们可不一样，我不懂你们要买什么礼物，反正我只要钱。"

"可是，这样不光彩啊！"我说，"我们明明可以自己找到路，为什么要靠别人？"

小颖白了我一眼，问我："我们不偷不抢不拿他们的东西，有什么不光彩的?"

"可是我们浪费了他们的时间啊!"

小颖放下垃圾来教我:"你看到了吗?"

她指指路边的一个行色匆匆的人:"这样脚步很快的人,我们不要去拦,他们的时间都很珍贵。"

我睁大眼睛,努力感知着这种速度上的区别。

"像是这种……"小颖指着另一边的人说,"散步的人,还有这种聊天的情侣,我们就可以找他们问啊。我们不占用他们的工作时间,就不算是浪费。"

"你问之前都先判断他们是什么样的人吗?"我惊奇地问。

小颖继续扒拉她的垃圾,然后唇齿间模糊不清地吐出一个"嗯"字。

我恍然大悟——原来,向正确的人寻求帮助,不是件不光彩的事,向错误的人寻求帮助才是。

我们拾荒的地方比较偏僻,没有废品收购站。2004年的时候,福州还有收垃圾的"垃圾郎",他们用一根扁担挑着罐子,条件好一些的就拉着旧木板改造的平板车,用高音喇叭喊着"回收旧家电",平板车旁边往往还绑着几个大的破油壶。

但这就像在路上叫出租车,你越是需要车的时候越找不到。我们在找垃圾车的时候，平日里遍地都是的垃圾车就好像凭空蒸发了一样，我们为此深感苦恼。

自从小颖教了这个招数之后，我们找垃圾车的速度就快多了。

小颖让我们逆着人群问，这样就可以知道这条路是否有收垃圾的，否则我们就换条路走，直到对面有人说听到过垃圾车的喇叭声，我们再顺着他来时的路走过去。

可是用了这个办法，还是得走一遭。我们四个人约定，每次拾荒结束，都由一个人提着所有垃圾去找车，其余的人先回家。

然而，这样的约定存在着很大的弊病。

其一，负责找车的人不一定能恰巧找到车，有的人可能在回家路上就能迎面碰到，而有的人找到天黑都找不到。找得久的人，就会抱怨太不公平。

其二，有时候带着垃圾去卖的人找了很久都找不到垃圾车，到了必须回家的时间，只能把罐子藏在其他地方，或者减价卖掉。先回家的三个人就开始怀疑带着垃圾去卖的那个人是不是偷偷地把垃圾卖了，或者正价卖了，却告诉我们是折价卖的。

小孩心也是海底针，摸不透。

直到有一天，我们在问路的时候遇到了一位自称是便衣警察的人，他给我们指了一个地方，说是"垃圾收购站"。

我傻乎乎地问他："垃圾收购站是什么？"

小颖抢了我的话，让我们别插嘴，听他说。

后来听便衣叔叔说，附近有个垃圾收购站，这个片区的垃圾最后都要汇总到那里。不过，不确定那里收不收这样零散的垃圾。

我和小颖听了很兴奋，跃跃欲试，准备去看一看。

阿彬却忧心忡忡。

"如果他不是便衣警察呢？他骗我们呢？"

"骗又有什么关系？"小颖说，"大不了走错了再回来就好了呀！"

阿彬斟酌了一番，还是觉得不去为好。这下，本来就胆小的王一更加退缩了，跟着阿彬双双退出。

我和小颖花了两天时间才找到垃圾收购站，自此解决了我们"晚上卖不掉垃圾"的问题。现在想想，"路遇便衣警察"还是件很难令人信服的事情，不过，管他是谁，总之他就成了我们拾荒路上的又一位"贵人"。

"贵人"与"拖累"的差别，不在于别人，而在于求助者自己。如何分辨求助的对象和时机，这才是应该学习的。

因为拾荒，我们被迫走出校园，每天要与许多不同的人接触，我们深谙"求助"的重要。

　　这段经历给我之后的人生诸多启发，我不再惧怕向他人求助。当你付出九十九分的努力，而别人又恰好拥有最后一分时，不妨尝试着寻求他的帮助。

　　但求助有一个大忌，有些人本来可以付出九十九分，但因为别人付出了剩下的一分，他便觉得可以不劳而获，于是就明目张胆地再少付出一分。别人是在帮你，不是替你。你不可能让指路的人折回去带你找路，不能让垃圾站的人帮你捡垃圾，这都是一个道理。

　　曾听过这样一个故事，一个人在被困荒岛难以求生之际，祈祷上帝能救他出去。过了几天，来了一艘船，岛上那人不呼救，只一心祈祷着上帝的搭救。又过了几天，第二艘船来了，艄公在船头，问他是否要上船。而他坚持要继续等待上帝。后来，第三艘船来了，他依旧没有上船，用虚弱的声音说着"上帝会来救我的"。最终，他死在了荒岛上。

　　他的灵魂责问上帝："你为什么不来救我？"

　　上帝说："我派了三艘船去救你呀！"

　　人先自救，才能遇贵人。指路人、摆渡人，像游戏中的NPC一样早早地在那里，只等你努力地到达那个地方，触发一个求助机关。

开始写作时，我像是摸不到头脑的丈二和尚，一时无门，举步维艰。恰巧那时候，遇到一个很有名的前辈。

当时，她以三个月破十二万粉丝为噱头在网络上进行大肆宣传。

很多人向她请教其中原因，她也不吝啬地告诉大家：就是善于求助。

现在有很多手机软件都提供租用时间的生意，只要你支付不同金额的费用，即可买得和业内高层交谈的时间。就像巴菲特的午餐一样，这个概念被引入了普通人中间。

她在大学的时候开始写作。找不到写作的窍门，文笔也不能称得上优秀。于是她就通过一个软件约到了当时国内著名文学平台的编辑，把自己的手稿当面拿给他看，请求指教。

临别时，编辑给她留了联系方式，说之后的文稿可以拿给他。通过这个方式，她顺利地以一个高起点的姿态正式进军出版圈。

有一个人带你进入一个未知的领域，远比自己跌跌撞撞、四处碰壁浪费的时间成本要低。

明明有"正当"的捷径摆在面前却不走，这不是一种精神，而是一种不作为。

不要认为求助是不光彩的事情。那些酸你、讽刺你走捷径的人，只不过是因为他们没运气或没能力找到捷径而已。就像窦靖童进入娱乐圈的时候，报纸一开始都臆测她要"摆脱王菲女儿的头衔""不想站在母亲的阴影里"，关于这个问题，她潇洒地用一句话来回答："所谓背景带来的东西，我不会去拒绝，因为事实就是如此，我就是在这样一个环境长大的，为什么要刻意去把那些拒之门外，一切从零开始？既然没有办法拒绝，我就接纳它。"

我觉得这才是应该有的态度。好的帮助是双向的，是利用自己现有的资源去换取他人的资源。梦想很远，门槛很高，不抗拒帮助能为你提供捷径，助你早日到达。

19 和流浪汉抢生意

【在我之后的人生里，再也没有跟任何一个流浪汉这么近距离地坐在一起。后来也遇过很多流浪汉，可是他们都不像老羊。】

2004年12月19日　星期日　晴

今天我约阿彬、王一到公园附近拾荒，我与阿彬打电话时，老妈说："今天想去就不能看电视。"我一想到《绝对计划》快全剧终了，就迟迟犹豫着，电视就像我的命根子一样，可是那个愿望支撑着我，使我意（义）无反顾地出门了。

我与阿彬吃着泡泡糖，王一早已回家了，我们俩在街上瞎转，我们来到新华都门口，在路上拾了一个"仙草蜜"的易拉罐。我们去吐口香糖时，猛然看见垃圾箱里有一个瓶子，众目睽睽之下，我们想拿可又不敢伸手，阿彬把手伸进去，又缩了回来，望了望四周，又伸出了手，反反复复几次之后，我们终于拿到了。之后，又从公园的垃圾箱里"偷"了两个瓶子。

公园里有许多流浪汉，长期靠捡垃圾桶里别人吃剩的东西为生，而这些瓶瓶罐罐就是他平时兼职谋利的东西。我们四处拾荒，偶尔会和这样的流浪汉打交道。

原来我们以为公园的铁皮垃圾桶是严丝合缝的，而且底部还带着一把锁，所以从来没有打过它的主意。后来，在扔东西时偶然发现，原来公园里垃圾桶的锁都是形同虚设的，盖子可以从顶上掀开来。

之后，我们每次拾荒之后还会挨个儿查看垃圾桶。如果手能够得着底，就从垃圾桶的开口那儿把手伸下去。如果挨不到底，我们就直接把铁皮盖掀开。

铁皮盖很沉，每次都要两个人合力才能把它掀开，一般都是我和小颖来做，阿彬和王一伸手掏。

有一次，我正和小颖费力地抬着这个铁皮盖，才抬起一点点，一个流浪汉从旁边"嗖"一下钻过来，把垃圾桶掀开，捡了一块啃了一半的面包。

我们都震惊了，谁也不敢吱声。只见他把垃圾桶盖提起的手迟迟不放下，见我们无动于衷，就努了努嘴示意我们伸手拿。

我们呆立了半晌，还是小颖先反应过来，立即把手伸进垃圾桶里掏出了罐子。

那流浪汉背着手走掉了，一副"深藏功与名"的样子。

后来只要我们靠近西门的垃圾桶，那流浪汉就会主动来帮我们掀开桶盖。

他看上去有五十多岁了，头发花白，腿脚不是很灵活，所以只在西门一带活动。我们的腿脚别提多利索了，因此常常嫌弃他的速度太慢，可是又很无奈：他的力气确实比我们大得多。

我们会跑在他前面赶到下一个垃圾桶，给他打手势，先帮他掏一些面包快餐什么的。每次掏出了很大块的面包或者是有带肉的快餐，他都高兴得像个孩子一样，又是拍手又是跺脚。这也算是我们的"礼尚往来"。

他说自己姓杨，还是叫什么杨之类的，总之我们都喊他老羊。

"老羊好！"

他也很礼貌地对我点一下头。

我知道老羊是一个疯子。我曾经看到过他发疯，在树丛里对着公园长椅的铁把手乱撞，或是在同一个地方不停地打圈。这时候你要是叫他老羊他就幽幽地回过头来，死瞪着你，嘴里念叨不停。

他偶尔也有精神正常的时候，问我们上几年级，家里有几口人。

"五年级。妈妈说家里有几口人不能跟别人说。"

"老羊也不能说？"

"老羊也不能说。"

他哦了一声，眼神有点落寞。我觉得这时候的老羊很可怜，他明明什么都知道，可是别人都把他当成疯子。

公园里的乞丐有他们自己的地盘区分，就像武侠小说里的丐帮一样。有的长期徘徊在西门附近，有的在东门附近，有的在湖畔。

有些流浪汉是住在桥洞里靠乞讨为生的"假乞丐"，有的是被赶出来的落魄生意人。论智力，老羊是最低级的那一等。但因为他力气奇大，疯起来的时候什么蛮力都用得上，谁也治不住他，其他乞丐也都惧他三分。

我们拾荒到别的区域，老羊就跟在后面，一副死心塌地的样子，暗中保护我们。

一旦有流浪汉过来，他就佯装生气地大吼，对方就灰溜溜地走了。

老羊嘿嘿地一笑："你看，他们又以为我发疯了。"

"哈哈，那些人真傻，连装疯和真疯都分不出来。"我们在一旁咯咯笑着。

有一次,我和小颖去捡垃圾。在路过东门草丛的时候,发现栅栏外面有一个瓶子。

小颖放下书包,尝试着爬上栅栏。栅栏顶上是细玻璃,专门用来挡爬墙的小孩,我们尝试了几次,都败下阵来。

小颖眼珠子一转,就有了主意,让我去西门找老羊来帮忙。我呼哧呼哧地跑到西门,远远就看到老羊背对着我躺在长椅上。

他好像被人打了,脑袋和脖子上有几道干涸的血迹。

"老羊!老羊!"我试探着叫他。

"唉,唉……"他缓缓向我的方向转过身子,嘴里发出哼哼唧唧的声音,我一时间不知道他是在哀号还是在回应我的话。

他转过身,又半坐起来,直勾勾地看着我。

"老羊,我想要你帮我们够到栏杆外面的瓶子。"我低低地说。

"好啊……"他颤颤巍巍地站起来,"在哪里?"

那天老羊走得很慢,就像一只真正风烛残年的老山羊。我拽着他的手,像个拿着小竹笛的牧童。

到了地方,他把小颖抱起来。我看着细玻璃就架在小颖的身子下面,老羊举得很吃力也没能越过去。

"换你试试,你比我轻一点吗?"小颖对我说。

"不要,不要!"我赶紧摆手。

"来!"老羊不由分说把手托在我的腋下,"咱再试一把。"

耳边的风呼呼灌进来，我一时间吓得快要哭起来了，赶紧闭上眼睛。

"看路！看路！"老羊在下面喊，"过去了，把脚踩稳当。"

我感觉到了老羊的力量，一睁开眼，发现自己已经越过了细玻璃，老羊有力的手正托着我。我赶紧伸脚踩住了另一边的栏杆，顺着爬了下去。

回家的路上，我和小颖不知道谁问了老羊一句：

"你很老了吗？"

"应该吧……唔……我应该是很老了。"

"可是你还举得起我，你不老！"

刚开始只有我和小颖敢接近他，到后面连阿彬和王一都不怕他了，肆无忌惮地拿他乱开玩笑。

"你为什么疯了？"王一问。她从家里拿了剩下的馒头给老羊，老羊一口咬下去，脑袋埋在大馒头里，一脸渣滓真像是挂着白胡子的老羊。

"唔……我想想……"他呆了一会儿，"我恐怕是想不起来了。"

"你睡在哪儿？"我问。

"睡在公园西大门那边，那里有个树丛你知道吗？"

我点点头："就是入口再往左边拐一点的地方，那个有铁树花的树丛吗？"

"嗯,"他摸摸我的头,"就在那边的长椅上。"

他的手不脏,甚至还有点肥厚,有点软塌塌。

"我很怕老鼠,还有蟑螂……还有蜈蚣。"我一边说一边比画给他看。

"那有什么好怕的,不是每天都能见到吗?"

"可是你不觉得很可怕吗?短短的毛,黑漆漆的眼睛。"

老羊听完眼睛滴溜溜转,嘴巴噘在一起,做老鼠的样子,逗得我哈哈大笑,他也跟着哈哈大笑。

那天,他又问我:"你叫什么名字?"

我很想告诉他,可是最后还是没说。

我回家跟妈妈说,妈妈你知不知道,公园里有一个疯子叫老羊。

妈妈说,街上流浪的疯子还有很多,她哪儿能一个一个都清楚。

我噘着嘴,心里有些不高兴:他是老羊,和别的疯子不一样,他是这个世界上独一无二的老羊。

"妈妈,我想告诉老羊我的名字。"

"傻姑娘,哪里来的老羊小羊?"

"他是我在公园里认识的一个人。"

妈妈马上警惕起来,嘱咐我:"不是跟你说过,别随便把名字告诉别人,他要是坏人呢?"

老羊知道王一的名字,知道小颖的名字,甚至从言谈里知道了阿彬的名字,唯独不知道我的。我突然觉得很难过,不明原因地对这件事耿耿于怀。

老羊是在某一天突然消失的。没有提前跟我们打招呼,没有来得及把啃了一半的面包带走,也还不知道我的名字。

刚开始几天,我们都以为老羊还会回来,我们捡到了带肉的盒饭还会放在西门的长椅上。等几天后再来,肉已经馊了,淌出一摊发臭的汁汁水水。我们才知道,老羊不会回来了。

在我今后的人生里,再也没有跟任何一个流浪汉这么近距离地坐在一起。后来我也遇过很多流浪汉,可是他们都不像老羊。

长大以后在精神病院实习,每天早上听着老师们开会讨论病例,如数家珍地说起各个病人被送进精神病院之前的情况,像照顾自己的孩子一般说这个病人喜欢吃什么不喜欢吃什么,性格是喜动还是喜静,有什么特别的嗜好。

他们都相同,可是他们也都不同。

我隐约看到老羊的影子。他们的眼睛里、身上、心里,一定也有着相似的故事。

我不知道老羊有没有被人捡了去,住在这样的"铁笼子"里面。如果是的话,倒还好:风吹不着,雨淋不着,没有老鼠抢他的肉和面包。

  但是，如果老羊要去其他地方流浪的话，他会不会再遇到一个小姑娘，像极了没有名字的我?

20 看店

【用谎言去掩饰已经发生的事实是很愚蠢的,就像自己在住所附近设下了一个套,不知道猴年马月会把自己套牢,但总归会作茧自缚。】

2004年12月21日 星期二 晴

今天,小卖铺的阿姨不在家,这可是个赚钱的好机会。我们要求帮叔叔看店,顺便讹他一些小零食。我们坐在椅子上,看着挨(拥)挤的小卖铺,好多同学都进来问我们:"项瑶,你和阿彬在干吗?"我们面不改色,心却怦怦直跳。我们看了一会儿,腿也坐麻了,眼睛也看酸了。

阮玲玉说人言可畏。那时候小小年纪,竟也因为赚钱而略懂其中滋味。前面说过，我对于钱的概念实在是来得有些晚。别的孩子都在学珠算心算的时候，我又因为爱玩而错过了学它的最佳时间，五块钱以内的加减乘除要算好半天。到了五年级，这类算法当然已经不在话下，可是，"把账算清楚"依然挺难做到，不是少收人一角，就是多给人一角，弄得自己还要辛苦地追回。

拾荒之后，我偶尔会去帮高跟鞋老板看店。高跟鞋老板讨厌我们，可是老板的丈夫对我们别提有多喜欢了，这喜欢是怎么回事，之后有一章我会另说。

哪个女孩不曾想过拥有一家店？小时候想开家糖葫芦店；稍微年长一些的想开煎饼果子店；再大一些了，文艺些，嘴巴不像小时候那么馋了，便想拥有一家花店或是咖啡屋。大概人的内心都有对于某种事物强大的控制欲，想要在这万千世界里，拥有独属于自己的一隅。

唯一不好的地方就是：店里来来往往都是同学或老师，言行都暴露在大家的耳目下，免不了会被人指指点点。可是，好不容易赚到手的钱，怎么能轻易让它没了呢？于是，我下定决心要做个好"掌柜"。

坐在店里的时候，虽然路过的小伙伴常来询问，但同时也拥有一种"一店之主"的快感。我就尽量放大这种幸福感，而缩小被人议论的伤感。

"世界是自己的,和他人毫无关系。"我一直这样告诉自己,看店的日子倒也过得十分平静。

同桌郑雨有时候会来买东西,两眼骨碌碌直转。只要看到我或是阿彬,就过来假装问好。

郑雨第一次来的时候,正好和阿彬打了个照面儿。那时我在楼上帮客人找东西,弓着背在低矮的阁楼上,正好能听见他们的对话。

郑雨不怀好意地问阿彬:"你在这儿干什么?"

阿彬本来就怕被人发现,此刻更是恨不得马上就消失在郑雨面前。她试图摆弄手上的东西,故意不接郑雨的话。

"我问你话呢!"郑雨拦了拦阿彬的路,"你放学不回家,在这里干吗?"

"我过来买东西。"阿彬被逼到没办法,就随口扯了个谎,以为这下终于可以息事宁人。

"买什么?"

"买……书……"

"什么书?"

"没有想买的,我随便看看。"

郑雨早就猜到了,看见阿彬逐渐圆不回来谎言,竟然愈战愈勇,存心要刁难她。

"你买好了没?"

"没有。"

"那好吧,我等你买完。"郑雨狡黠地一笑,随后环顾四周,"老板娘都不在,你买了也没办法付账,要不你就走吧。"

阿彬当然不能走,她继续待在店铺,装作一会儿看看这个,一会儿看看那个。

郑雨突然又问她:"你来买书应该有带钱吧?借我两块钱,我去隔壁店买瓶饮料。"

阿彬身上根本没有钱,钱全在高跟鞋老板的匣子里面,回来要是钱数不对是要挨罚的。

她也感受到了郑雨的故意,可是谎话说在前面,现在悬崖勒马已经太晚了。说出去的话像泼出去的水,这下子是覆水难收了。

阿彬只好硬着头皮回应:"我只带了买书的钱。"

"你刚才还说你是随便看看的,钱怎么可能没有多带?"郑雨说,"你撒谎。"

阿彬不说话,脸红到了耳根。在此之后,阿彬大老远看见郑雨,就会局促不安地站起来,假装上阁楼的架子上收拾货物。而我反应有些慢,常常是阿彬起身了,我才发现。两个人看店,总要有人留在楼下。我只好次次都坚守阵地。

郑雨依然依样画葫芦地问:"你为什么坐在这儿?"

我脑子正蒙着,来不及接话,想着能不能用个借口搪塞出去。思来想去也没有办法,于是就只好应下来:"看店。"

"为什么你来看店不来捡罐子?"她一贯牙尖嘴利,让人好不讨厌。

"因为看店赚的钱多。"我老实巴交地回答。

"那……你……"郑雨原本以为我不会这样回答,正准备取笑一番,结果嘴里的话被硬生生地憋了回去,显得如鲠在喉,不得已提高了嗓门,"你放学不回家,没有按时交作业,我告诉陈老师去!"

"可我作业都写好了。"我说。

"你!你……"郑雨拽拽书包带,气急败坏地走了,留下我一个人呆立在那儿。

后来我逐渐发现,"人言可畏"这句话,其实也未必。流言是最大的心魔,却也最容易克服。它对人的伤害是可控的,可大可小,全都取决于自己的所思所想,所以没有那么可怕。而且转念一想,能有"人言"总归是个好事,无论是"美名"还是"骂名",至少是"成了名"。这世界上最可怕的应该是成为"透明人"吧。叫天天不应,叫地地不灵,才真真儿可怕。

我们违反了口耳相传却毫无道理的"道德规律",或是莫名地陷入了某种"常识怪圈",或是被站在制高点的人用"大家都是这么做""你太不合群"等语言捆绑着。因为害怕被谴责，我们第一时间想到遁逃、躲避、澄清，甚至编织谎言掩饰自己，假装自己很合群，假装自己和大家一样。其实，何必呢？打破迷茫的方法，首先是你要肯定自己的所作所为，才能与他们辩驳。无论是对的事情、错的事情，做过的事就要承认。少做的事在后面补上，多做的事情要去粗取精。

成长的过程中，肯定会遇到一些想要用小聪明掩盖过去的事情。只要一想到那时傻乎乎的我，便释怀了。坦陈自己的现状可能一时难受，但至少不会自食其果。

谎言永远不是好的自我保护伞，只要与现实相悖，总有被识破的一天。"假话一时爽，圆谎须三年"，谎言就像裤子破了一个洞，不去缝补就会越来越大。那些因为太软弱而忍不住用谎言掩饰的人，最后都需要一颗更强大的心脏来应对谎言造成的后果。

那天之后，我的"看店"之旅变得格外轻松。郑雨经过时，我高兴就打个招呼，不高兴就装作没事一样不予理睬。

因为众人皆知，所以我不需要躲避别人的目光，不需要束手束脚，只要把精力全部放在算账上。

大宝成了我的"账房先生"，她下课正好在门口摆摊，闲暇时候就凑过来教我数钱。她大拇指一伸，往手指上啐一口口水，我也学着她的样子，啐了一口，感觉有点脏，还偷摸用衣角擦掉。

大宝发现了，把我的手指强行竖起来，责令我"好好学习"。

后来钱收得多了，我也不觉得是"熟能生巧"，反而觉得是"这一口口水"的功劳。

21 我们努力赚钱，为什么要被叫作贱人

【梦想的路上，沿途少不了冷眼和嘲笑，我们只能避开那些异样的眼光，在心理上武装成变形金刚，一个人员重前行，咬牙走到柳暗花明。】

2004年12月23日 星期四 阴

我又找到了一个赚钱的方式,早上很早去小卖铺门中(口)拾零食,带到学校去卖。

现在门口流行大礼包，一个一元钱，很多爱花钱的同学，只要里面不是他们满意的东西，便会将零食抛之不理，我们把它拾来卖，大的一包可以卖两三角，小的两三包一角，买的人还挺多。

早上,我4点半就醒了,先穿一件衣服,然后把脚从被

子里伸出来，这样不至于感冒，又也可以冻醒自己。果然，6:35，我瑟瑟发抖的(地)起来了，飞快的(地)穿好上衣裤子，漱口洗脸，端起饭猛吃。好容易吃完了，看看表，7点15分，我又撒开脚丫飞奔，终于到了小卖铺门口。

  小卖铺门口早已围了不少人，忽然我眼前一亮，石椅上有一包薯片，我狂喜，像发疯一样奔过去，可是我迟迟不敢下手。众目睽睽之下，怎么敢伸出手呢？也不知道别人要不要，我小心翼翼的(地)伸出手，下意识地望望四周，又赶快缩了手。我看见车水马龙的小巷，人山人海，可是，忽然又看见我们班的几个男生，好像正盯着我，他们看了我一眼，那目光好像……这使我伸出的手又缩了回来。我又静下心来，用身体护住薯片，不让别人偷走，然后摸了两下，我又看看四周，似乎有无数双眼睛盯着我，指责这不是光彩的行为，又听见耳边如钢针似的冷嘲热讽："乞丐乞丐，拾别人不要的东西！不要脸！"

  我倒吸了一口气，详(佯)装着看说明，不时摸摸那薯片。我怎么能放弃呢？我又一次伸出了手，拿到了！我狂奔到一座宿舍楼内，发疯似的把它放入书包，又在地上发现了3包煎饼，还有2颗乳奶糖，带到学校卖给英子，赚了4角钱。

  我仔细地端详着手上的钱，淌下了几颗泪珠。

2004年12月24日 星期五 阴

　　这几天天气不太好,冷得要命,我的心情也低落的(得)厉害。这几天睡的(得)不大好,晚上挺迟才躺下,早上6点半多就起床了。

　　昨晚老妈问我:"瑶,上洗手间了没?"我灵机一动,忙答应"去过了",脑子里萌生了一个想法。半夜寒风凛冽,我上完洗手间,回来时换上了背心与马甲再上床,像昨天那样伸出一只脚。果然,我早早的(地)被冻醒了,一大早直径(径直)到了学校,抬了挺多东西。放学时却遇到了意料之内、可还是令人难堪的事。

　　当时我们只是想要一张小樱牌(当时流行的一部动漫《百变小樱魔术卡》中的周边产品,画着主人公的硬卡纸)而已,我们小心翼翼地问老板,刚一开口便被老板的话顶了回来:"小小年纪整天不学好,又不买东西,在这儿溜达,学什么不好?学抬别人扔的东西。"当时幸而人少,只有一个同班的男生,我仿佛看到他正在讥笑我们,在用那些不堪入耳的言语讽刺我、嘲笑我……

　　在他目光的炙烤下,我悻悻然离去,幸亏没出什么大事,否则……唉,还是别再想了。

2005年6月11日 星期六 雨

　　毕竟纸是包不住火的，有一些流言蜚语在班上传开了，但传得并不厉害，没有掀起什么狂风大浪。传得最厉害的是同桌郑雨和两个马屁精似的"小人物"林婧和陈芳。郑雨一口咬着"穷""贱"，好像我惹了她似的。有一次，我听丹丹和阿彬谈去文具店的事，我就问丹丹："你们到哪儿买？"郑雨一把就将我推开，还说出些不堪入耳的话："妓女，你家穷，买不起的。"我第一次觉得世态炎凉，还有只有在课堂上才能听到的那种贫富悬殊。而比贫穷更恐怖的是，自己明明是掌上明珠、千金小姐，却被人看作阶下囚、匪徒……我习惯了渐渐麻痹自己对这类话的敏感，只是单纯的（地）希望能与他们和睦相处，不要再传出去大闹天宫，到时候，即便有三寸不烂之舌也毫无用处了……

　　拾荒的路上，免不了要遭受许多白眼。
　　我不知道是不是每个梦想都会贯穿着这些嘲讽的声音，我也并无许多高枕无忧的方法可以传授。我们只能强迫结痂的部位长出肌组织更结实的新肉。第一次，你可能会介怀于心；第二次，你可能会顿失所措；到了第一百次、第一千次，就逐渐能够熟视无睹了。
　　同桌郑雨的嘲讽就是耳畔众多声音中最响亮的一个。每天我到了教室,刚放下书包,她就整个人不动声色地避开老远。有时,我将拾来的罐子放在桌子底下,她就"啊"的一声惊叫,然后趁着下课迫不及待地去冲洗。十岁的孩子能想到的最具恶意的词大概就是"妓女",她不仅肆无忌惮地用这个词来称呼我,还怂恿身边的伙伴一起喊。

她还有一招,叫告状,以告诉父母、告诉老师作为威胁。

郑雨身边有一群"马屁精"孩子,最典型的就是林婧与陈芳。她俩个子小小的,总是跟在郑雨身后帮腔,创造性地发明了诸多不堪入耳的外号。

耳畔的声音杂乱起来,对其中的一字半句也不去追究了。

不只是语言,行为上的嘲讽更多。我们总在学校附近拾荒,这件事在附近的顽皮学童里传开了。他们就将沙子和上水装在罐里,让它变得格外重。瓶口太小,沙子太黏,我们怎么也倒不出来,只能负重前行。也有人在纸盒里吐满痰液或装满水,在送去收购站前,按照惯例我们会用脚把它踩瘪,纸盒里就喷射出一摊不明液体,溅到我们的裤腿和脸上。

那段时间,每到深夜里,我常常闷在被子里哭,我觉得太委屈了:我们努力赚钱,为什么要被叫作贱人?

我们不偷不抢不耍小聪明,只是通过付出劳动来换取金钱。这不就是我们将来一辈子都要做的事情吗?为什么大家要来侮辱我们?

起初我们也尝试过打击报复,撕掉郑雨的作业本令她哇哇大哭,用沙子、石头去砸闹事的顽童。后来便不予理睬了。因为我们逐渐发现,在这些过程中,我们不过是得到了内心的安慰,这对实现梦想毫无帮助,甚至浪费了为之奋斗的时间。

前些天,我和郑雨在同学会上久别相逢。她早已忘记曾经刻在桌上的三八线,就算能记起,也都是童年的笑谈了,这也算"一笑泯恩仇"了。

至于林婧和陈芳更不用说,我们上了同一所初中。初中时我一直成绩优异,她们俩便从郑雨那儿易主成了我的"小手下",更不必提那些早已不知道去了哪里的不知名姓的顽皮学童了。

所以你看,实现梦想的过程中经受的白眼和讽嘲并不会永远存在,只有没有全力以赴地追求梦想才会在最后令人悔不当初。

曾经听人说过这样一句话,我深以为然——

当你走在悬崖的边界、崩溃的边缘,你要用最后一口气撑下去,直到走到柳暗花明。

你无法也没必要向全世界解释你做一件事情的意义,甚至就算你获得成功也会有人觉得不值一提,只管去做就好。

22 好老师，坏老师

【我知道，假使他人梦想还未成形，也不要轻易恶言相向，这是对梦想必须有的尊重。】

2004年12月24日 星期五 阴

今天晚上是平安夜，又赶上星期五，同学们早早放学去狂欢了。我和阿彬两人悄悄侍（待）到校内空无一人，悄悄溜进校园，把地沟中匿藏的两个豆奶瓶掏出来，小心翼翼的（地）放进袋子里。

我们像电视剧中的"×组织"一样潜入黑黑的教室，几次无果后，终于在一（1）班教室里寻觅到了两个罐子，还有一个豆奶瓶。正当我们溜出门时，被对面办公室的一（1）班班主任发现了，她对我们大吼一声，阿彬连忙抱着头扭过脸。

我知道我不能这样，不能像她一样躲避，要在老师从对面办公室走过来的这段时间想出一个应对的谎言。狗急了跳墙，人急了办法也就有了，于是我骗那位老师说，他们班的小男孩向我们借了一条红领巾，叫我们到教室里拿。那老师一怔，又问："我们一年级哪来的红领巾？"

我脑子一转，想起了前几天刚刚把一年级教室调到二楼，于是我便模糊应付。

"这个……"我转向阿彬，"你不是说二楼吗？哎呀，忘了忘了！这个班从一楼调到二楼去了，难怪走错教室了。"虔诚地道歉后，借着这个理由一溜儿上了六（2）班，在垃圾筒与抽屉里都有所收获。后来下楼时，在二（2）班与三（1）班发现了2个瓶子，真是有惊无险。

我之后也遇到过不少白日做梦的人，听着他们滔滔不绝地描述自己的黄粱美梦，我便想起了刘老师。

我上一年级的时候，刘老师在教三年级。也不知道是谁界定的，小学分低年级中年级高年级。三年级，在一年级小学生看来已经是人生的另一个阶段。所以我一直在心头默认，刘老师比我们的班主任要厉害。结果到了我上五年级的时候，刘老师带完毕业班就转下来教一年级，做一年（1）班的班主任。刘老师在我心中的职业光环就这样被打破了。

刘老师不知道我的名字,我也不曾上过她的课,每次只会在她往返办公室时远远地观望。

"刘老师长得好温柔啊!""刘老师的声音好轻啊!"我们私下议论。

真正和刘老师说上话,是在刚开始拾荒的时候。

那段时间,放学路上,总有几个六七岁的小孩子拿碎石头砸我们,嘴里喊着污言秽语。小孩子力气小,也没有很大的杀伤力,见得多了我们也就不计较了。

结果有一天傍晚,我们还没下课,刘老师带着几个小孩子过来找我们,眼尖的大宝一下子就看出来了:"项瑶,快看!是每天放学砸你们的那群小孩!"

刘老师真的带着那几个小孩来找我们。她拍拍小孩的肩膀,示意他们看着我们,问道:"你们确定是这几个姐姐?"

那群小孩里最高的一个委屈地点了点头。

刘老师严肃地让他们站到我们对面:"你必须给这几个姐姐道歉,你自己说,你说了什么?"

"说了……说了………"一个小朋友哇的一声哭了出来,边哭边坦白,"说……她们是……'叫花子''垃圾婆'……"

"对不起……"高个子的小孩说。

"你们一起说。"刘老师依旧绷着脸。

"对——不——起——"这会儿每个人都动嘴了,声音有尖的、有粗的、有细的，此起彼伏。

拾荒的时候，偶尔会被学校的老师碰到。学校的办公室只有两间：语文、数学老师共用一间，英语和其他科目的老师共用一间。刘老师和陈老师因为都教语文，被分在同一间办公室。

有几次，陈老师接到同学的举报，说我们在卖垃圾，就把我们像拎小鸡一样带回办公室，一个个拷问。

"你们怎么这么不懂事？"陈老师一上来就直奔主题，劈头盖脸，"不懂你们的脑子这一天天的都在想什么！"

然后，不由分说地把我拽到跟前。

"二维他们没人管，野惯了。项瑶，你爸你妈现在不管你了是怎么着？"她边说边伸手，把我手上装垃圾的塑料袋扯破，垃圾都散落到了办公室的地上。我赶紧俯身捡起来，生怕弄脏了陈老师脚下的"一亩三分田地"。她像是找到证据了一样满意："你瞧瞧你瞧瞧，不是我说你，你自己整得这些事儿？"

一会儿，她骂舒服了，平静下来："明天都给我把家长叫来！"

二维和阿彬倒是不怕，王一和我一听要叫家长，马上吓得连声求饶。

"那就罚你们扫一个月包干区。"

这里的包干区，是指我们的年段包干区。年段包干区是操场侧面的一条半人高的花坛，花坛纵贯整个操场，平时无人打扫，全部都是蜘蛛网和腐烂的叶子，还有大红的烂木棉花。即便这样，我们也顿时感觉像是得到了赦免，从死刑变成了缓刑，赶紧"叩谢皇恩"。

这时候，就听到一旁的刘老师轻声建议："小陈，我经常看到这群孩子，你不问问这些孩子捡来干什么吗？"

陈老师正在气头上，当然没搭理她。刘老师就把眼神投向我们，那一瞬间，我们的头上像是笼上了一层淡淡的温柔光晕。那目光如水，清澈透明。

过了几天，放学后，我们爬窗户进了一年（1）班的教室里拾罐子。刘老师正好从教室的楼梯向下走，在拐角处隔着窗户就看见了在教室里鬼鬼祟祟的我们。我正在看各个抽屉里是否还有空瓶子，偶然间抬起眼皮，目光正好与她对上。

我的脸唰一下像是烧开了，火辣辣的。赶紧放缓了手上的动作，我心里想着对策：今天运气真是太背了，就这样被抓了个现行。我们还是爬窗户进了别人的教室，违反了校规，上天遁地都逃不掉了。

只见刘老师像是什么都没发生一样，她从楼梯上走下来，转了个弯，背对着我们，马上移开了她的目光。

我和阿彬吓出了一身冷汗,久久都不能回神。我们四目相对,但阿彬或许是在庆幸刘老师没有看到这一切,而我却因为那一次记忆犹新的对视而感动。

那个转弯的动作和对视后的沉默,至今仍记在我心里——那是心知肚明而不戳破的善意。

后来,我们如约被通知去扫包干区。罚的是我和王一,阿彬、二维是"连坐罪"。小颖和大宝也都来帮忙。六人成军,浩浩荡荡。

我们不仅不沮丧,而且还挺高兴。因为在腐烂的叶子堆中稍加翻找,就可以找出一些时日已久的塞满杂物的瓶子。

我问小颖:"你们六年级的包干区也这么大吗?"

小颖说:"我们的包干区比你们的小多了。"

我看着她,无不羡慕:"多好呀,这样子被罚就不用扫这么大的地方了。"

小颖用鼻子哼哧了一声:"哪里好了?学校要讲究优秀率。我们要考学,初一有分班考,没考好就会被送去'差生班'。"

"哦。"我没经历过六年级,也没经历过这么大阵势的考试,没办法对比出升学和扫包干区哪一个更好一些。只能敷衍地结束了对话。

恰好这时,刘老师从远处走来,大老远就问我们:"你们累不累？"

"还好。"

说话间，她已经走近了。

她对我和王一说："扫个地需要这么多人啊？看来你俩人缘儿还不错。"

她的皱纹都舒展开来，一身棉布衣服，看着真舒服。

她和蔼地看着我们，怜爱地摸了摸我们的头。

"小可怜儿……"她轻声地说。她的关怀并不惊扰，就这么默默地存在着。

说实话，除此之外我们和她也没有更多的交集。但是，我们都知道一年（1）班和一年（3）班的孩子从来不会向我们投石头。而这两个班的班主任，都是刘老师。

后来听人说，刘老师的儿子溺水死了。

据说，也是奇怪，她曾经有个儿子，早年间放在老家养着。去溪里玩水，也不知怎么就掉到了水里，没扑腾两下子人就没了。伤心了几年后，终于中年得子，总算是平复了失去大儿子的伤痛，岂知二儿子在城里生活长大，偶尔去大伯的厂里玩，掉进一个沸水桶里，不知道是烫死还是溺死了。

一条巷子里传了开来，大家无比惋惜地说，刘老师这命，肯定是犯了水鬼了。

也有人猜测，是不是怀孩子前流产了太多次，那些娃娃来报仇了。

柿子挑软的捏。人们总是不惮用最深的恶意，来揣测一个原本就手无缚鸡之力的人。

在南方的小城里，不能解释的事情还是习惯性地问问鬼神。刘老师也信了这个说法，买了佛龛，供着不知道哪一路的大罗神仙，每天烟雾缭绕。

她说话的声音也日渐小了，蚊子叫似的，见人也很少抬头，不知道是不是应了那句"人言可畏"。

那段时间她的头发渐起花白，偶尔在路上见到我们撒开脚丫子跑，依然会远远地喊着："慢点跑！小心点儿！"声音微弱，让我一度怀疑这是自己的幻听。

我曾经幻想过，刘老师要是有一个孩子，该多么善良。她教出来的学生，当特教班的孩子在操场上歪着眼睛流鼻涕的时候，会递上纸巾；当我们在捡垃圾的时候，不会跑过来故意踩一脚……

我曾经愤愤不平：为什么这么善良的人，不能有自己的孩子呢？

后来我就找了个理由，自己给自己解开这个心结：或许是她的孩子都太善良了，所以才会被老天提早看中，收去当天使。

　　她自始至终都不知道我们为何要捡垃圾。所以，我也不想要过问她的近况。毕竟，她曾经给我上过的第一节课，就叫"不随便打扰就是最好的安慰"。

23 寄托心愿的洋娃娃

【梦想会让你尝试许多新的事物，涉猎以前从来不曾想过的陌生行业。不要觉得害怕，小马过河，第一次总要湿了蹄子。梦想是一张护身符，给你的不断尝试保驾护航。】

2004年12月28日 星期三 雨转阴

　　唉，天公不作美呀，我们无法直接去拾贴纸、零食了，却找到了另一份工作——帮晓倩做一个娃娃挂饰与一个纸筒娃娃。她能给我一元两角作为报酬，我表面上没什么，心里却很高兴。这样好的事，何乐而不为呢？

　　我一路上祈祷着，希望妈妈别在家，这样下午我才能交差。可上帝偏要难为我，我只好耐心等妈妈去洗碗时做。好不容易找到了一块下脚料，是昨天做自己的娃娃时剩下的，其实我根本不会做娃娃，笨手笨脚的，可这回，为了一元两角，只好尝试一下！

我捡了几块碎棉布，又"偷"了一块没用的小布料，一针一线的（地）缝好了。说实话，我从小没摸过几回针线，所以有的漏针，有的忽上忽下。可这回我不仅要做好，还要在10分钟内完成，我叹了一口气，小心翼翼地缝着。好容易缝好了，可碎棉老吸在手上，一点儿也不听话，我只好用手把它们一个一个摘下来。

到了缝衣服时，又来了一个大麻烦。从未干过这活儿的我，竟把衣服缝成了一个正面一个反面，怎么办，我气得直嚷嚷，恨不得有人飞快的（地）帮我把它做好。要是妈妈在多好，我恨得龇牙咧嘴，算了，只能随它了。

终于把一只大一只小的眼睛，与歪歪扭扭的嘴，还有稀得可怜的头发缝上了。虽然缝眼睛时，不小心犯了一点小差错，但还算顺利。我亲了一下布娃娃，飞快的（地）塞入衣袖中，悄悄走出屋子，把它放入书包。

我从小就是个动手能力极差的孩子。幼儿园时，别的孩子都在手工房折千纸鹤，做折纸小兔，而我对这一切都没兴趣，做出来的小兔子和千纸鹤不是少了一只翅膀就是少了条腿。

大概因为我的父亲是画画的，大家就默认我也继承了他的高超画技。实际上，对这方面我一无所知，但因为有父亲的金字招牌坐镇，又要赚钱，我便尝试着帮同学做美术作业。一技在身，赚钱总是显得容易些。

我从来没有想过有朝一日我会靠美术赚钱，但是事到如今，问题摆在我面前，我还是打算试一试。孩子的想法就是这么简单，钱都已经追在你身后了，再困难也要转身搏一搏。

每当面对新的挑战时，我都会想起十岁的自己，为了赚钱，能拿着不稳的针线做不擅长的事情。再困难的时刻，眼睛一闭一睁就过去了。踏进泥沼，你才会发现，再坏的结果不过是衣裳沾湿而已，下一步轻而易举就可以迈开。

突破，是当你为了已知的梦想，做起了一直排斥的未知结果的事。

我也遇到过许多不太擅长，但是和梦想牵系在一起的事情，让自己无法下定决心拒绝。

小时候很喜欢舞台上表演用的漂亮裙子，但是因为要裙子必须上舞蹈课，所以憋着眼泪，每天下腰压腿。疼到想要哭的时候，印象最深的就是老师冷冰冰的一句话："把嘴唇咬住，自己数着秒钟。"于是，一边掉着眼泪，一边在心里数好一二三。在所有你觉得实在过不去的时候，闭上眼睛咬着牙开始倒数。梦想就像是铁面老师的一声令下，把嘴唇咬住，在心里倒数。

　　但是我也告诉自己，人是不需要去克服所有困难的。

　　人总会遇到迈不过的坎，如果这道坎恰巧不在自己要走的路上，大可不必理睬。不必抱着一颗硬要克服的心，与自己较劲。就像怕走夜路的人，不一定要强迫自己克服对黑夜的恐惧，可以选择避开夜晚出门。

　　人越成长，就好像一段不断变长的圆弧，接触的世界就越大，往往越会更感受到自己的无知。未知的世界太广阔，想把所有的难题都攻破，把所有的技能都掌握，这简直是痴人说梦。

　　换言之，人只要克服挡在他实现自我之路上的那一道难题就已经足够。

　　但事实恰恰相反，许多人尝试冒险、挑战，给自己制造许多人为的、能满足自己解决问题后成就感的难题，却企图逃避眼下的困难，甚至连我自己也不能免俗。

　　佛教里谈到三大障碍：妄想、分别、执着。有些人就是这样，妄想着自己的全能，不懂得区分必要的努力和不必要的努力，只执着于展示自己的勤勉。知识一方面是为了服务社会，更多的是为了给自己创造一个更加良好的环境。用于沽名钓誉，算是聪明反被聪明误了。

　　我们经常见到一些人有过度学习的习惯，有对新生事物的过度贪求。这种现象也曾出现在我自己的身上。我曾经特别"好学",见到什么都想卖弄两把刷子,看到什么新鲜的事物,总想着要纳为己用。过了几年后,才发现自己学习的所有内容都不过是蜻蜓点水,不能够系统地深入。

似乎我们身边总会有这样一个朋友,在任何一个培训班里,任何一个学习环境中,都能看到他的身影。很多朋友也都认识他,朋友圈里经常有共同好友的点赞,常常有人说在某某场合又看到他了,不管是财务管理、国学论坛、文化交流、金融沙龙、文学研讨会、宗教研修班、各式各样的庆功宴,他都要插一脚。谁也不知道他有没有家庭,也没人知道他真正的工作状况是什么样子,他似乎一辈子都在为学习而学习。但很多年过去了,大家并没有看到他学成什么,至少,谁也没有看到他学以致用,把知识用来做些有益于自家、有益于大家的事情。

努力一定要有方向,失去方向的努力会浪费掉通往梦想的时间。虽然盲目努力,到最后可能会有一些触类旁通的作用,但一定是通往梦想的远路。如果能找到方向,一击即中,岂不更好?

向着梦想大步流星地走,遇到挑战,咬着牙迎接。

下定决心要去的地方,中途再多盘根错节也没事,只要能到达,一定要试一试。

24 收购站的灰衣少年

【年少时最青涩的情感,似乎总是开始于某一个朦胧的雨季。那些秘而不宣的欢喜和哀愁,那份暗自关注却浑不自知的可爱,当时只道是寻常,后来才知道,有多么不寻常。】

2005 年 1 月 4 日 星期二 晴

今天是一年的开始的第四天,我们正巧做值日,我与阿彬用扫地的时间,各发现了一个三分的豆奶瓶,然后静候放学。上午放学后,我们在垃圾桶里找到了一个"火爆雪碧"的硬皮瓶,又偷偷潜入三(2)班"盗"得一个小瓶子,是"酷儿"优酸乳的。我们随后出门走了走,又发现了不多的豆奶瓶,看起来值 4 角了。我们又溜达了一会儿,拾到了一个"醒目"的易拉罐与一个优酸乳的瓶子,还有 4 个豆奶瓶。

到了收购站,阿姨却只肯给我们6角,我们每个人分得3角。我往收购站里看了看,地方不大,纸皮却不少。我们找到了几样宝贝,又翻翻纸皮,忽然,我看到一本中学生的《天下事尽知》,我立刻迷住了。我又找到两本同样的书和几本作文手册、两本英语练习册,我掏出身上仅有的3角钱时,却犹豫了。阿姨说,只能挑两本。我把两本练习册挑了出来,我知道,妈妈更希望我能考出良好的成绩,这对她来说,便是最大的报答。真希望那本汗水、泪水凝成的练习册能提高我的成绩,我能为妈妈带来更大的惊喜。

自从"便衣警察"告知了收购站的位置,我们再也不用那么麻烦地四处寻找收购车。拾荒结束,我们便往收购站走,如果幸运的话,路上就能遇到迎面而来的收购车就把废品卖掉。实在没有遇到,也不用担心卖不掉垃圾还要四处找地方藏。

起初,其他人都不相信,因为"路遇便衣"对我们来说实在是太像电视剧里的情节了。有段时间我们国家特别流行刑侦片,像是《重案六组》之类的。剧里的演员都浓眉大眼,十米开外就能感受到那一脸正气。我们都觉得,便衣警察一定要长成那样才符合标准。

我和小颖找了两天终于找到了废品收购站。第一次看到废品收购站的时候,我和小颖都惊呆了——我们看过各式各样的垃圾堆,却还没见过真正"气势恢宏"的垃圾山。

现在看来,那只是一个深藏在居民楼内小小的垃圾中转站,根本算不上什么。可在那时的我看来,简直宽敞得无法用语言形容:收购站在一间破旧的拆迁房里,门口的红砖墙倒了一半,剩下的一半用喷漆写了个大大的"拆"字。不知哪个好事的小孩把"拆"字的点涂掉,变成了一个"折"字。一走进去,正中央就是一座恶臭冲天的垃圾山,堆满了各种不一样的杂物,从纸皮、旧衣服、玻璃瓶到毛都掉光的牙刷、眼睛被抠掉的布娃娃……

老板在门口掌管秤砣,来来往往的垃圾车都主动把垃圾分好类,进行预处理(例如把纸皮叠好、把罐子踩扁、将零散的东西打包)后,自行上秤。秤是绿色的,和邮局里为大宗货物称重的秤一样,有个大的平台,可以往平台上堆东西。后来大家熟悉了,我们就时常趁老板不注意站到称重平台上玩,一个人站上去,另一个人拿秤砣来称重。我们都看不懂秤砣上的数字,就胡诌一个数字。要是被老板发现了,就会赶紧跑过来呵斥我们,但我们依旧玩得不亦乐乎。

店里还有个老板娘,一般在旁边打打电话,联络上一级的收购方和下一级的收购车主。老板不在的时候,她也会代替老板掌管秤砣。收购站还有个小工人,是个20岁不到的小哥哥。我和小颖第一次到收购站的时候,他就站在垃圾山上,正弯腰处理垃圾。过了一会儿，他把腰直起来，我和小颖都有些惊到了：他真的好高，从小腿到腰到肩膀，直愣愣地形成一条线。他拿起腰上挂着的水袋，喝起来喉结"咕嘟咕嘟"地上下动。

我不太清楚，是第一次见到他就看清楚了这个喝水的画面，还是说熟识之后，又看了多少次，才把他喝水的样子记下来的。

少年很好看，清瘦又笔挺。他长着一张娃娃脸，好像永远都汗涔涔的。

少年说，自己是收购站夫妇的远房小侄儿，在老家早早辍学，嫌下地种田"没出息"，跟着"表叔表姑"来城里"闯荡"。他带着不知道是哪儿的口音，永远含糊地称呼着老板夫妇，有时叫"姑"，有时叫"嫂子"，有时叫"老板娘"。

少年待每个人都很好，可我那时却觉得他只独独对我一个人好。我们是轮流去收购站卖废品的，每次轮到我的时候，我一进门，灰衣少年本来在垃圾堆上弓着身子干活儿，听到我的声音，就立刻直起身子，往我的方向看，还假装成一副喝水的样子。

过了一会儿，他就会从垃圾堆上下来，假装才看到我一样地打趣："你又来了？今天带了什么宝物？"

我在分拣垃圾的时候，他也会过来帮忙。他的手指很长，干活儿很快，叠起纸皮来很快就能叠得方方正正的。我天生手笨，叠纸皮的活儿，对我来说异常困难，他就取笑我："你这么笨，怎么还能在学校里念书？"

我特别不服气，再也不让他帮忙叠纸皮。虽然笨手笨脚，也一定要自己来叠。就好像让他帮忙叠，自己就输了一样。

在他面前，我不想输。我莫名其妙地渴望在他心里做一个特别棒的人。在同班的小男孩面前，我从来没有产生过这样的想法。那些乳臭未干的小男孩都太幼稚了，什么也不会做，什么都要我们小女生来帮忙。而灰衣少年不一样，他那一双灵巧的手，好像什么事情都能做得很棒，让人格外崇拜。

少年不知道我的名字，只是从别人的称呼里知道我叫"瑶瑶"。"名字真好听啊！"少年说。

少年在收购站里没有固定的上下班时间，基本上等下午这一轮的垃圾分拣完毕，他就可以走了。如果正巧遇到我过去卖垃圾，他便说："瑶瑶，你留下来等我一会儿，待会我带你看看这里的好地方。"

等他忙完了，脚步轻快地从垃圾堆上走下来，带着一身汗味地在水龙头前洗脸洗脚。我踮起脚看，他的喉头还是一动一动的。

少年洗干净手，伸过手摸乱了我的头发，我有些生气又不敢生气。

他问我:"你想不想看书?"

儿时的我非常喜欢看书,立刻来了兴致。他带我走了个小门,一出门,眼前豁然开朗,到了另一块非常大的空地。空地上有个高耸的杂物堆,全部都是各式各样的书。有的书已经残破不堪,还有白蚁咬过的痕迹。有的书长了霉斑,但依稀还能见到字。有的书崭新如初,在书堆里显得格格不入。

我从来没有见过那么多的书,平时在图书馆里看到的书虽多,却都是整整齐齐地放在一起。从来没想过它们堆起来竟然是这般宏伟,如此具有视觉震撼。

他随手从书堆里拔出了一本给我,说:"给你看吧!"说完自己也拔出了一本,盘腿在草地上坐下。

那天看的是什么书我早已忘记,只记得那天傍晚,暮色四合,残留的阳光全部落在少年的头发和眼睛里。

我们不知道在垃圾堆下坐了多久,时间好像停滞了。

收购站的老板和老板娘是绝对的好人,只不过是"把钱看得特别重"的好人。在钱上,他们锱铢必较,绝对不会因为你年纪小而让你一分一厘。少年说,这里的书都是老板和老板娘挑出来准备卖给旧书市场的,因为卖给旧书市场比卖到收购站能多赚一些钱。

老板娘四处喊着少年的名字,他赶紧把我手上的书夺下来。我以为他要把书塞回垃圾堆，没想到，他把书一把塞进了我的书包侧缝。

"拿好！拿好！"他小声地叮嘱我。我就这样呆愣愣地夹着那本书走出了收购站，然后眼睁睁地看见少年跟着老板娘走远了。

我之后看过很多书，再也没有一本比少年给我的那本更好。我之后见到很多次落日，都没有在垃圾堆旁看到的绚烂。

我一直把那天的夕阳埋在心底，直到后来有一次，阿彬、王一和小颖谈起收购站里灰衣少年。小颖说："你们知道吗？在收购站背后有块空地，上面堆满了旧书。"阿彬马上回应说自己曾经去过，她随口说着："那小哥哥人真好，要不是他，我们都不知道有那个地方。"她们转过身问我："项瑶，你知道那个地方吗？"

我像是受到了偌大的打击，一时间竟说不出话来，心里有种难以言表的委屈和失望。

我以为那日的夕阳是只属于我和灰衣少年的，没想到竟然还同时属于这么多人。

我心里难受得不得了，不愿相信地核实起来——

"小哥哥是自己提出来带你们去看书堆的吗？"

"是啊。"

"小哥哥有把书拿出来给你们看吗?"

"是啊。"

"小哥哥他……"我失望地不想再问下去,心里暗潮涌动,像是突然想到了什么,"可是,小哥哥,有送你们书吗?"

小颖摇摇头,阿彬也随即摇头。

"真的?真的?"我大喜过望,突然觉得刚才的失望和委屈都烟消云散了。所以……所以……少年只送给了我一个人?

那天的夕阳突然又在我眼前晃了晃,少年的眼睛、鼻子和那一上一下的喉结也在我的眼前又清晰了起来。

25 一楼有个特教班

【不用害怕，因为是人，所以才会痛苦。行将就木的人，不会知道梦想是什么。因为我们足够聪明，有理想有期待有抱负，才有夙愿未偿的绝望。我不要和他们交换这种唾手可得的轻松。】

2005年1月5日　星期三　晴

今天我与阿彬去找瓶子时，遇上了二维，于是我们三个人便一起拾，我与阿彬一组，二维自己拾。刚到垃圾箱，我们抢了起来，二维抢了很多豆奶瓶，阿彬才翻到3个豆奶瓶。我立即上楼寻找，迈着沉重的脚步走向特教班。特教班在一楼，孤灯闪烁。我小心地推开木门，直奔垃圾桶，日光灯把白色的天花板照得雪亮。我望望窗外，目光盯在了屋里，我仔细的（地）搜索，却没有看见瓶子。我赶紧关上门，一口气跑上二楼，如释重负，我长舒了一口气，又奔进教室，迅速检查完了二年级。我踢开三（1）班的门，一溜烟儿钻了进去，弓着背，小心翼翼的（地）走，真像一只饥饿到慌不择路的老鼠呀！

我直奔垃圾桶，直觉提醒我，满满一桶中必有几个瓶子。我快速地找出了一个"玉叶凉茶"的瓶子，又把手放到里面掏，一个泡泡糖粘在我的手上，真恶心，让人直反胃。终于找到了两个小瓶子，我才满意地出门，谁知赵老师正在楼下斜着眼看我，我的心凉了下来，脸上好像火在烧，我赶紧埋下头快步上了三楼，可是什么也没找到。

我们在门口好容易才拾到了两个豆奶瓶，还找到了我们的藏宝（上午拾的3个软皮瓶），卖了7角钱，二维却一个人拿了5角钱。哼，有什么了不起？可老天偏要难为我啊，让阿彬走了好运，抽到了一张80元的电话卡。

哼，没关系，就80元而已。

我们学校和别的学校相比，有一个特别的地方，就是我们学校的一楼角落曾经是我们区特设的特教班。之所以叫特教班，是因为里面都是一些"不太正常"的学生——智力障碍儿童、自闭症患儿或是轻微精神疾病患儿。

他们是住宿的学生，每周有六天都在学校。每周一他们的父母把他们送来学校的时候,他们和我们一样背着小书包,穿着好看的衣服。等到周四周五快回去的时候,那崭新的衣服早就被踩躏得不像样子,书包也不知道丢到哪里去了。

他们的教室构造也和普通的教室不一样。我们的教室里都是课桌椅,他们除了一间小教室有桌椅以外,剩下的两间都是上下层的木板床,铺着统一的蓝白床垫,好像幼儿园一样。

他们没有分年级,能把自己的生活起居管好就是他们的目标。我们和他们共用老师、共用操场、共用游戏器具,和他们一起玩耍。这在现在看来是很不可思议的事情,但在当时好像很正常,并没有一个家长提出异议。我们的自然老师就是他们的生活老师,那位男老师长得瘦高白净,却十分有力,可以轻轻松松地把正在发病的小男孩抱回教室。

教室对于我们来说是上课的地方,对于他们来说却是吃喝玩乐睡的场所。有的时候,正在教室里奋笔疾书的我,看到他们在操场外无忧无虑地跑动着,心里真是有说不出的羡慕。

学校的垃圾堆靠近特教班,所以自从拾荒之后,我们也时常要和特教班的孩子打交道。他们总是痴傻地伸着头向外张望,一会儿像是想到什么似的乱笑,冷不丁就流下来一摊鼻涕,伸出袖子来擦一擦。

"好恶心呀!"以前我们看到的时候都会这么说,但他们依然嘿嘿地傻笑着,目不转睛地看着我们,不知道什么时候又挂了一条长虫一样的鼻涕。

拾荒以后,我们身上多少都带着一些垃圾的味道。常常有人看到我们,也对我们说"好恶心呀",甚至有的时候,我们闻到自己身上发出来的腐臭味,都觉得自己有些恶心。

有一次,我走过特教班,看到角落里的傻子,就觉得自己和他们挺像的,都被别人骂,都脏兮兮的,如果我们再加入嘲笑他们的行列,就好像五十步笑百步。我在心里,暗自与他们拉近了距离。

一次拾垃圾的时候,阿彬企图压扁一个罐子,结果罐子里喷出一堆黏糊糊的液体溅到她裤腿上。看着她当时狼狈的样子,我就想到了特教班孩子的大鼻涕,我开玩笑地对阿彬说:"你不觉得那些特教班的孩子和我们很像吗?"

"王一才像,王一没什么脑子。"她也半开玩笑地说。

"不是说脑子,是说样子,你现在脚上沾着'鼻涕'的样子,特别像。"我朝特教班门口看去,自然老师正带着他们玩游戏,一片欢声笑语。

我突然感慨:"要是我们真的能在特教班就好了,别人怎么议论他们,他们都傻笑,都觉得是在夸他们。"

阿彬转过头来,狠狠地用手上刚捡来的旧皮撅子捅了我一下,说:"胡说什么呢!我才不要像他们。"

"为什么？可是我觉得如果我们也像他们一样，什么都不知道，就会比现在快乐。"

"可是他们连快乐是什么都不知道。"

"他们一直在笑啊，自然老师给他们穿衣服的时候笑，在教室里发现一根粉笔也笑，每天坐在门口看我们玩也笑。"

"可他们自己都不知道自己在笑什么，怎么能算快乐呢？"

"我打赌，他们知道。"我的倔强劲头又冲上头，忍不住要去探听个究竟。

有一天，我们在上体育课。自由活动的时候，我们一如既往地四处找废弃的瓶子，在垃圾桶附近的草堆里，我和王一找到了一个瓶子。眼看着就要捡到了，突然，特教班的一个大个子走过来，一脚踢飞了瓶子。我们气不打一处来，恶狠狠地瞪着那个大个子。

大个子站在门前面，先是面无表情地与我们对视，然后就笑起来。他拿起旁边的粉笔扔向我们，扔完依然在原地嘿嘿地笑着。

"走，咱们告老师去！"王一拖着我往前跑，我边跑边转过头，依然能看见大个子咧着嘴，笑成了一朵花儿。

我们的体育老师也是和特教班共用的，我们一说大个子，体育老师就全明白了。

"你离他远一点就好了。"体育老师安抚王一,"他没办法表达,他是想让你和他玩才拿粉笔头砸你。"

——所以,真的有人不会表达悲伤和喜悦,不会表达欢迎和抗拒吗?

我转念就想:没有悲伤的人,他的快乐是有意义的吗?我才不想成为这样的人呢。

小时候总觉得,一件事情没有做到是件很难过的事情。写错了一道题、走在路上摔了一跤、被老师批评一次,这些都会让我难过一阵子。但一想到,拿走生命中全部的悲伤,就会随之失去感受幸福的能力——我不愿意。

感知快乐的能力伴随的就是感知悲伤的能力。世界上的情绪都是对等的,怒喜思悲恐,对应着木火土金水,一环扣着一环,相生相克。没有其中的一种做铺垫,另一种也不会产生。我们之所以有怨恨、有苦恼、有失望,全都是因为我们曾经爱过、满足过、收获过。

我们感觉到梦想的疼痛,是因为它把我们硬生生地从现实剥离。而我们是否有感恩过,其实能感知到现实就是一种天赐的能力。

《踏血寻梅》里,王佳梅说:"因为活着会痛,活着会恨,活着就要每天想着怎样活得更好。"疼痛是人和动物都会有的情绪,可是人知道为什么痛,就能循着疼痛找到对应的部位,对症下药地去解除这种疼痛。"子非鱼安知鱼之乐""子非我,安知我不知鱼之乐",用人心度"鱼心",当然得不出答案。人的无力感,也是来源于"想变成更好的人"。往长远看,这些都是正面积极的、有推动作用的情绪。

  所以,不要在情绪低落的时候,敌视周围其他人的幸福。回想一下,自己也曾经实现过许多心愿与梦想。成长,就是让你更加理解每件事情,无论好坏都有它存在的意义。

  人生而不易,且行且珍惜。

26 小狗波仔

【失望的时候有个"人"站在你身边，无论它是小狗小猫还是小喜鹊，或者是个站着不动的人形立牌，都觉得是人生的一件幸事啊。梦想所倚仗的，不仅仅是被爱被理解，大多数时候更是倚仗着对世界的爱与理解。】

2005 年 1 月 6 日　星期四　晴

今天我们三人分开拾瓶子，一个上午，我找到了一个瓶子，还有一个智多星的小瓶子。中午我在上学路上看见水沟里有一个雀巢的瓶子，我高兴地俯下身拾了起来。之后，我又拾了一个娃哈哈纯净水的瓶子，我飞快地把两个瓶子放进书包里。

第三节课，老师说谁先做完作业谁先走，我立刻拿出本子，我一定要赶在班上同学前面做完，因为同学一定会从上面看下去，看到垃圾堆，那可就糟了。我眼睛一亮，拿起笔，双眼盯着本子，飞快地计算起来。如果我先做完，就有机会到垃圾桶去拾罐子，从来都是拖拖拉拉的我紧张起来，第一行很快被我攻克了，第二行，第三行……我很快便演算完了交上去，生怕有什么差错，不能下去拾。我胆战心惊地把本子递给老师，老师瞄了一眼，似乎在思考什么。我的心忐忑不安，从未这样紧张过。因为今天我被调位子了，而且阿彬从家里带来了3个大瓶子、4个小瓶子，还有3个豆奶瓶，共值6角。老师不声不响地合上了本子，暗示我是对的。

我飞快的（地）奔下楼，不巧又遇上了比我快一点的小朱，我好不容易甩掉了他，然后屏气跑到垃圾桶，一眼望到一个小瓶子，接着翻到了2个小瓶、1个大瓶。忽然，我看到了一个支离破碎的破瓶子在里头，我猫下腰，可垃圾桶太小了，我钻不进去。心急的我，趴在沿上拾，好不容易碰到了，可拿不出来，我一着急，扑向瓶子。终于拾到了，当发现它坏了的时候，我又难过又失望。看看身上，早已一块黄，一块黑，一块灰了。

2005年5月24日 星期二 雨

今天，阴雨绵绵。收入自然也伴着这绵绵细雨一样低沉。连续几天都没什么收获了，还有一个藏着的罐子没有卖。我多么希望像大宝说的一样，她说她的家乡有家工厂，周末可以去那儿挣钱，一小时就有五元钱。可惜福州不缺这门手艺。爸爸说他小时候靠拔草喂兔子，把兔子养肥了之后担到集体上卖来挣钱。哼，我不稀罕！再说现在福州哪儿还有什么兔子养植（殖）专业户，一只兔子能卖几十元啊？把一只兔子拉扯大要几个月呀！

再说了，前个月刚养了一只袖珍兔兔，还没玩两下，就英勇牺牲了。别说养什么兔子了，就为了那只兔兔，我留了几天的眼泪。不过，如果真的有什么养兔兔的差事，我也愿意啊！不说了，还是先想想明天怎么挣MN（money，钱）吧！

我和波仔的相遇实在是一场意外。

拾荒的时候，我常常仗着身子小，整个人都钻到垃圾桶里，露小半截身子在外面。结果有一次，我刚钻进垃圾桶，眼睛还没来得及适应黑暗，就看到两只红宝石似的红眼睛。我吓得把身子下意识猛地拔出来，脑门儿磕在垃圾箱的铁门处，痛得我嗷嗷大叫。

等我的痛止住了，定睛一看，发现那是只小狗。可是小狗为什么会有红通通的眼睛呢？我和王一打算把它抱出来，可是手越是伸向它，它就越往垃圾桶里面躲，和我们一点默契都没有。我们只好作罢。

第二天,我们去垃圾堆的路上,远远又听见一阵吠声,声音细细嫩嫩的,不像小狗,倒像是小猫。

我和王一撒开脚丫子,飞快地跑到垃圾堆边,只见一个白花花的小毛屁股拱着拱着就进了垃圾箱。

"是昨天的狗狗,"王一说,"我试试能不能把它抱出来。"

王一比我瘦一些,她轻巧地钻进了垃圾箱里。不一会儿,掏出了一只白绒绒的小东西。它的屁股对着我,一动不动,浑身战栗着。虽然全身都是秽物,但还能看出本来的毛色洁白干净。

"是只小狗。"王一说,"它生病了。"

我想,应该是因为王一家里养了好多只猫,所有她能一眼看出来小狗生病了,我问她:"它生了什么病?"

"你自己看。"王一把小狗举起来,把狗的头部对着我。我吓了一大跳——小狗原本应该是眼睛的地方肿了一个血红色的大包,整个眼球凸出来,带着点腐烂的肉渣,像是科教片里面患上了眼癌的人。

小狗有些害怕,开始不停地抖动身体。

"好可怜啊。"王一说,"我回去问问姥爷能不能把它带回去。"

第二天，王一就带来了坏消息。她姥爷说狗狗的眼睛可能是传染病，让我们不要往家里带。

"可是如果没有人喂它吃东西，它会死掉的。"王一担心地说。

"这个地方只有我们两个来，不如我们两个人养它吧。"我的母亲对动物毛发过敏，所以我从小都没有机会养小动物，特别羡慕其他的同学抱着自己家的小狗在街上遛弯儿的感觉。

那时候我非常喜欢看香港的电视剧，剧里的人物都叫旺仔、波仔、Jacky仔。

"我们就叫它波仔吧！"我提议。

于是每次走到垃圾桶边，我都要给波仔带点什么，中午饭剩下的骨头，吃了一半的粽子，用纸巾包好带出来的一小半海蛎煎……

波仔一点都不挑食，什么都能吃得津津有味。它也逐渐不认生了，从刚开始一听我们的脚步声就发抖，到闻到我们的味道就远远地吠几声，声音清脆响亮。

学校的垃圾堆也成了我、王一和波仔的秘密基地。我郑重其事地对王一说："现在开始，波仔有爸爸妈妈了，我是爸爸，你是妈妈，我们要一起把波仔照顾好。"

王一直愣愣地点了点头。

以前我钻进垃圾箱的时候，总感觉到一种莫名的窒息感。

总觉得这个臭味填充着封闭的小空间,让人无法呼吸。现在我钻进垃圾桶里,手往里面一掏,就能感到湿漉漉的、柔软湿润的小舌头来回舔着我的手掌。然后在垃圾堆里来回快速地跑动着,发出微弱的踩踏声。

"波仔,不要舔我!"

"波仔,不要踩啦,我快要拿到罐子了,就在你脚底下。"

波仔大多数时候根本听不懂我的指令,但偶尔也"瞎猫碰上死老鼠"地恰巧做对一次。我就兴奋地钻出来,少见多怪地喊着:"王一,你看,波仔会听我的话,我让它停下它真的就停下了!"

后来,阿彬也和我们一起到垃圾堆,我就把波仔介绍给她。

"为什么叫波仔?太难听了,像个小流氓的名字。"阿彬嫌弃不已。

虽然嘴上这么说,但行为却很真诚。阿彬从家里带了一整包的火腿肠,偷偷藏在课桌抽屉里,每天下楼都带上一根,大老远就"波仔、波仔"地招呼着。

过了小半个月,波仔长胖了,腿脚也灵活起来,能嗅着我们的味道,用另一只眼睛吃力地看着我们的方向,慢吞吞地跟过来。它那大大的耳朵垂下来,几近灰色的绒毛松松软软的。

"我们要不要抱它去洗个澡?"王一提议,"我家的猫不喜欢洗澡,老是抓人,可是狗狗应该喜欢洗澡。"

我们齐声说好。王一就把波仔从栖身的垃圾桶里抱了出来,波仔另一只好的眼睛乌溜溜地直转,小爪子扒在王一的肩膀上。我们不敢带回家给它洗澡,因为波仔残疾的眼睛猩红猩红的,实在太恐怖,谁要是带回家肯定要被骂。我们把波仔带到公园的内湖边,找了一处浅浅的洼地,就像洗布娃娃一样洗了起来。

王一拿了给家里的猫洗澡的浴液,熟门熟路地倒在波仔身上。波仔很乖,一动不动,任由我们搓扁捏圆都"我自岿然不动"。

"洗好了!"随着王一的话音落下,我的天,这哪是那个脏兮兮的灰色长毛怪波仔,简直是一个绅士风度十足的英国小王子。我们三个人就像妈妈看着孩子一样啧啧称赞着。我们本打算把波仔带回学校,放回原位,可一想到垃圾堆那么脏,就觉得不该放回去。

"要不,"阿彬说,"我们就在公园里找个隐蔽的地方,给波仔搭个窝吧。这样我们放学来公园拾荒的时候,波仔就能陪着我们了。"

波仔一定更喜欢在公园里,我们都这样想,就顺理成章地在公园里找了一个偏僻无人的小角落,用各种落叶给它搭了个临时的"窝"。

"波仔,"王一说,"今天先这样,你乖乖待在这里,妈妈明天给你做一个窝带来。"

波仔似懂非懂,用没残疾的眼睛对着我们眨巴着。

我们一路走,一路讨论,当天晚上,我就把家里装书的箱子拿出来,裁掉,画上画儿,一个漂亮的"新窝"就做好了。妈妈一回来就大吼:"怎么书散了一地?箱子呢?"

"拿去做美术作业去了!"

"拿去之前也不说一声,真是反了天了。"我妈嘀咕着。

从此,波仔有了一个歪歪扭扭的纸板做成的家。我们天天去公园看波仔,什么好吃的都要给波仔尝尝。波仔最大的特点就是不忌口,从水果到米饭到牛肉,什么都吃,大概是之前饿怕了的缘故。

我们拾荒,波仔就跟在我们身后,摇头晃脑地走着,小尾巴一耸一耸的,摇得别提有多欢快了。

我们跑起来,波仔就跟着跑起来。湖里水位下降露出石头,我们从石头上跑过去,波仔就跟着跑过去,结果步子迈得太小,只听到身后扑通一声,溅起一个大水花。波仔很委屈地抖着身上的水,我们坏坏地在旁边哈哈大笑。

我们把拾到的塑料瓶架在波仔头上,想训练它帮我们运送。结果波仔以为我们在和它玩游戏,特别开心地推着塑料瓶越跑越远，跑到只剩下一个小黑点儿。我们假装生气不去理它，过一会儿，它好像知道错了，耷拉着耳朵把瓶子推了回来。

波仔有个习惯，就是不吃生肉。以前在垃圾堆，我们把早市的小贩收摊时丢的骨头喂给它，骨头上带着一点肉渣。平时什么都吃的波仔，一看到就一蹦三尺远，偷偷躲起来。我们就笑话它：一只小土狗这么讲究，也真是活该没饭吃。和波仔熟悉之后，有一次，王一也带了生骨头来，放在波仔面前。

我们都说，波仔肯定还会像以前那样退避三舍。没想到波仔嗅了嗅，先是像往常一样躲得远远的，过了一会儿又绕回来，看了王一一眼，慢慢地舔了起来，然后拿两个前爪死死抓着啃。

——因为是你给的，所以我都喜欢吃呀！

——因为……因为你是波仔的妈妈呀！

波仔和我们相处了两个多月，我们开始筹划着要找回波仔的主人。波仔的毛色很漂亮，对陌生人很害羞，像是家养的狗。于是，我和阿彬用硬纸板做了个牌子，写着"如果你是我的主人，请带我回家"，用我妈缝衣服的细线并成一捆，做了根绳子，打算挂在波仔脖子上。

那天，我和阿彬特地选了个好日子，颇有仪式感地准备去给波仔挂牌子。走到公园深处的时候，没有听到波仔的叫声；再近一点，还是没有；走到花丛跟前，还是没有。

拨开花丛，硬纸板的小屋销声匿迹，更没有波仔的影子。我们拿着那张写着"如果你是我的主人，请带我回家"的硬纸板，愣在原地。

后来听说，因为有重要人物来访，前一天晚上公园里进行大清理，各种垃圾都被清理走了。我不知道清理小窝的时候，波仔在不在里面。如果在，那些可怕的大人有没有把它吓到。如果不在，等波仔回来的时候看到没了小窝，面对失去居所的未来，该有多么害怕。

它本来就胆小，现在又没有了爸爸妈妈，一定很害怕。

我想着想着就开始抹眼泪，王一听了也号啕大哭——我们俩共同的波仔，没有了。

之后的几天，我和王一四处寻找。所有我们能想到的地方都找了：波仔去过的湖边，草丛里的亭子，波仔爱玩的假山……可是一无所获。

后来，每次我去掏学校的垃圾桶时，都有一种幻觉，就是觉得有什么东西在舔我的手指，整个手掌湿湿麻麻的。这时候，我总要把头再探进去，可是再也没看到那白绒绒的身影。

很长一段时间,我们都陷入了一种自责,反复质问自己,为什么要把波仔从垃圾堆带到公园。如果它还在垃圾桶里生活,就能"无病无灾到公卿",不至于这样生死未卜。

后来,日渐长大,看到体形与波仔相似的白毛小狗,依然会忍不住想到它。波仔隐藏在了我的身体里,以回忆的形式常常同我相遇。

这时,已经有很多人在我的生命里来来往往,告别、离去或擦肩而过。我也不再执念于分别的痛楚,这并不是因为时光的历练让我心坚如铁,而是知道了人与人、人与世间万物之间的陪伴都是暂时的。谢谢它,带给我一整个夏天的美好。

我想,假如重回我们相遇的那个下午,躲在垃圾堆里安然无恙地生活和走出垃圾堆遇到我们,波仔会如何选择呢?

它会不会选择不要遇到我们呢?

可这有什么办法,什么时候遇到,什么时候分开,一直都不是我们可以控制的事情啊!

我抬头看看天,总觉得好像波仔就在那里,像一花一木,像一朵飘过的白云,像清晨树梢上滴下来的第一颗露珠,温柔地看着这个世界。

人生的每个阶段,你都不是孤身一人,对吗?

27 "锦鲤叔叔"和"气模阿姨"

【梦想需要毅力,也需要持久性的规划。人不能一口气吃成胖子,每日暴饮暴食,不如循序渐进,逐量增加。用最能让自己产生幸福感的办法来实现梦想,远比一曝十寒好得多。】

2005年2月12日 星期六 阴

今天是正月初四,经过几天的"踩点儿",我们发现公园里热闹非凡,而且还代销饮料,参加活动就可以拿水。我可不馋那些水,只是一心想着瓶子。我告别了亲爱的《孟丽君新传》,快步上路了。

走进了摆满气模的游乐园,我一眼望到了一个薄荷水瓶,很干净。它在黑塑料地上,没有一点尘埃,虽然我早已坦荡面对,却不由得生了胆怯。

我悄悄靠近那个瓶子，用鞋尖抵住，然后四下一望，嗖地拾了起来，随即头也不敢回地跑掉了。我绕了一圈又到了另一个气模城，我小心翼翼地向垃圾桶张望。哇，垃圾太多了，可人太多了，我怎么翻呀！我只得作罢，四下望望。我盯着那些手上有水的人，真希望他们都把水瓶给我，那……少说也有上百个了。我还是别想入非非、痴人说梦了。我从一个人脚下"救"出一个矿泉水瓶后，又从草堆里轻轻踢出一个"果粒橙"的瓶子，没有伙伴的陪伴，我心里空落落的，真怕被别人发现了会斥我一顿。那我岂不是无脸见人了？我马上四处转转，老远看到垃圾桶里有一个"美年达"的易拉罐。我马上伸手把它拿出来，然后背对着人群赶紧转头逃窜，脸唰地红了一片，闭着眼睛跑了好远才睁开。最后，我转悠了大概有一个小时才回来，又花了半个小时找废品收购部，却没有找到。实在没办法，只好把罐子藏在阿彬家楼下的一块秘密地方，扫兴地跑回了家。

　　自从发现公园的垃圾桶可以掀开之后，我们便常常去公园，尤其是当公园举办活动、人声鼎沸的时候，捡到瓶子的机会就更多了。

　　活动时，公园还是要售票的，小孩子是半票或者免票。我当时的身高早已达到了半票的线，按照规定是不可以随意进公园的，可是我们有独特的"逃票秘籍"——"锦鲤叔叔"。

那时候，公园里养了一堆从国外进口的黄金锦鲤。这种鱼很金贵，不能总被打扰，所以公园就雇了一个饲养员，在旁边看守喂养这些金贵的鱼，顺便推着小车卖鱼饲料谋利。一小袋鱼饲料卖两块钱，生意好的时候，一天就能卖掉好几千袋。

"锦鲤叔叔"就是公园聘请来照顾这群锦鲤的人，他自己的小推车下面有满满一袋鱼饲料，是每天要喂鱼吃的。毕竟卖给顾客的还是少数，大部分还是要靠他看情况来喂养的。

小孩子总是贪玩的，我们在拾荒的时候，也特别喜欢喂锦鲤玩，可是又舍不得花钱买鱼饲料，于是就在岸上捡拾客人丢下的或是不小心撒在草丛里的饲料。

鱼饲料是棕色的小颗粒，撒落在路面也没有人发现。我们发现无论什么时候岸边总是有很多撒落的鱼饲料，我们灵机一动，就想：我们为什么不把它们聚拢起来，打包卖给客人呢？

说做就做，我们在拾荒之余，就拿个小袋子捡饲料，等积攒到一小包就卖给客人。当然，我们比"锦鲤叔叔"卖得便宜，同样分量的一小包，我们只卖一块钱。

当然，"锦鲤叔叔"很快就发现了我们的存在，我们拿着鱼饲料向客人推销的时候，被他逮了个正着。

"锦鲤叔叔"年纪不大,穿着一件灰色的条纹衫,一条黑牛仔裤。

他问我们为什么在这儿卖鱼饲料,还问我们的鱼饲料是从哪里来的,我们都如实相告。

"那钱呢?你们要钱干什么?"

"我们……"王一正要说。

"我们没有钱,想赚零花钱。"阿彬瞪了王一一眼,回了话。

"锦鲤叔叔"哈哈大笑起来,肩膀笑得一颤一颤的。我们一脸严肃地看着他,于是他也收敛了笑容。

"是这样啊!"他一拍脑袋,从小推车下面拿出一大袋鱼饲料,我们眼睛都看直了。

"你们这么能跑,每天帮我喂鱼好了。什么时候想要鱼饲料了,过来向我要就好了。"

他说完就把鱼饲料塞到我们怀里:"你们不要抢,我只有这么一袋,能卖掉就卖掉,但一定要确保都给鱼吃了。"

我们就这样欢天喜地地成了小小饲养员。

整个园区是一个很大的内湖,我们每天拾荒其实都是绕着这个内湖。这下我们更起劲了,走到哪儿都不忘顺路撒一把鱼饲料。

我们还给几条特别的鱼起了名字:有一条浑身黑白相间、长着像奶牛一样斑纹的,我们叫它奶牛鱼;有一条特别大的、全身都是金黄鱼鳞的，我们叫它鱼老大；后来我们发现另一条比鱼老大还大的鱼，有两根特别长的鱼须，平时很少出来游，但凡它出来，后面都跟着许多小鱼，我们就喊它"鱼大仙"。

渐渐地，我们就跟"锦鲤叔叔"混熟了。

休息的时候，我硬要拉他停下来听我念周末刚学的英文，呼啦呼啦假装熟练地乱讲一通。总之，就是念错了，"锦鲤叔叔"也听不出来。

他听不懂，但每次都特别捧场："项瑶的英语真棒！"

"你会说英语吗？"我昂着头问他，别提多得意了。

"怎么不会说？hello, good, no, yes……"

阿彬跑过来说，一脸不服气："我会翻跟斗！"然后连翻了三个跟头。王一也过来凑热闹，手忙脚乱地在地上乱翻起来。

我们围着他，要他评判谁表演得好。他总是谁也不得罪，安抚着我们："都好，都好。"

我们穿来新裙子要给"锦鲤叔叔"看，我们刚学新歌要唱给"锦鲤叔叔"听。"锦鲤叔叔"是公园里的半个管理员，节假日公园开始售票的时候，我们就大摇大摆地走进门，报上"锦鲤叔叔"的名字。门卫睁一只眼闭一只眼，就放我们过去了。

除了"锦鲤叔叔"之外，我们还有一个气模阿姨。她是公园的儿童气模城的管理员。公园在节假日的时候会用鼓风机吹起一个巨大的充气城堡，需要买票进入，一张票 30 块。"气模"这个东西对于 10 年前的我们来说还是新鲜的，所以 30 块这个价格一点也不算高。就算是妈妈带我去公园也只会偶尔让我玩一次气模城，阿彬更是只见过没玩过。

我们在一旁捡垃圾或是卖东西，羡慕地看着在气模城里蹦蹦跳跳的小朋友。他们大多数都是六七岁的小朋友，我们就自我安慰着：我们已经长大了，怎么还能玩这么孩子气的东西呢？但心里还是念念不忘，四周绕了一圈，又走到了气模城边，磨磨蹭蹭地拾垃圾。几天过后，气模城的阿姨渐渐认识了我们。

一天，正好有个罐子掉到了她脚下。去捡罐子的时候，她突然问我："你们是从哪里来的呀？"

那时候是夏天，连续几天"气模阿姨"每天都穿着一套雨衣材质的防晒服，从脸到身子全部裹住，像闽北深山里采茶的茶农，又像是层层捆绑的木乃伊。看到这个"木乃伊"突然动了一下，我们都一脸愕然，不知道应不应该告诉她实话。

"你们捡别人丢下来的瓶子干什么？"

"卖……钱………"

"气模阿姨"很老了，脸上已经有深深的沟壑，慈眉善目的面相让我们对她格外信任。

她想了一会儿，问我们："你们想不想要玩，想玩就进来吧。"

我们开心得说不出话来，生怕"气模阿姨"立刻就变卦，飞快地脱了鞋子，登上了充气城堡。登城堡之前，还再三嘱咐阿姨，千万千万要看好我们的废品。

那天天色已晚，夕阳把整个天空都照亮了。充气城堡里没有一个客人，城堡屋顶上，有一轮渐落的太阳。

阿姨还和我们约定，以后要是还想来玩，就等周末早上八点城堡刚开始充气的时候，趁着别人还没来，抢先一步上去玩；或者看到充气城堡正好没人的时候再过来。

从此之后，"去公园拾荒"对于我们来说，又增加了一个诱惑。我们并不觉得去公园拾荒是辛苦的，都觉得这是一种享受。

"真想永远都在公园里拾荒啊！"每次拾荒结束，我、阿彬和王一都感慨着。好像拾荒的痛苦已经全被冲淡，只留下了气模城的快乐。

阿姨曾说过这充气城堡是她买来的，可我们从一开始见到城堡就这么的破旧，仿佛没有崭新过。后来我才知道，这本来就是二手货，阿姨把别人不要的城堡装饰一下，洗洗干净，就带到我们的小城市里赚钱讨生活。

她常常看着我们说:"长得多像我女儿小时候呀!"

我们逐渐和阿姨成了"忘年交",遇到难事的时候,我们也会想办法帮她解决。每次有客人狮子大开口地"讲价",我们必会插上一脚。

虽然票面价是30块,阿姨有时25块就卖了,但对方还不满足,一而再再而三地砍价。阿姨就会说:"我们讨生活不容易,你也别计较这一块两块钱的了。"

我们在气模城玩着,远远听见了,就出来扮演因为买了高价票而愤愤不平的小顾客:"是啊,我们都是买了30块钱的票才进来的,25块钱已经够便宜了!"

在单调的拾荒生活中,"锦鲤叔叔"和"气模阿姨"就是童年里的玩伴,让我们从繁忙的"工作"中解脱出来,有了属于自己的休闲时间。

我承认我对生活的阅历有限,但我觉得梦想的颜色不应是黑白的。凡是幸福的、舒服的、安逸的,才能长久,不要让自己活成苦行僧。

我曾经想过减肥,刚开始斗志昂扬,一日三餐只吃几个苹果。每天不停地给自己进行心理建设:我这几天饿得这么辛苦,磅秤上的数字应该会很快跌落吧!事实上呢?我撑了几日后,因为太辛苦,每晚肚子叫个不停,忍不住就放弃了。

放弃后，我大为后悔，总觉得早知如此，当初何必饿得那样辛苦？

是不是很多人都有这样的经历？

在年初制订好了计划，细化到了 365 天，每天都把时间排得满满当当，坚持几天之后因为太辛苦而松懈。反思之后，觉得之前为自己定下的规矩太严苛，或是觉得之前那么辛苦，也确实应该有所放松，就纵容自己永远地放松下去。

往往都是你想得太好，做得太少。

你不是不够坚持，而是把坚持的目标定得太大。

当我意识到这个问题，我就开始试着把"追逐梦想"的过程调试到适合我的状态。

大学的时候，我曾经跟着剧场工作，每周末都要像个游牧民族一样"打一枪换一个地方"。每天连演三四场都是常事，凌晨两点还在拆装台。

喜欢舞台是个开始，艰苦是它的必备条件。我们都在演出的空隙见缝插针地为自己找一些喜欢的事情：有人去做按摩，有人要吃小吃。而我，一定要去逛逛附近的风光，使自己对城市的形象不局限于车站和剧场。每次出行，我都带着一种完成梦想和享受生活的态度。

如果真心喜欢，那就想一个能够让自己喜欢、能够让自己坚持下去的方法。如果你需要拾荒的梦想，请在梦想里找到你的一池锦鲤和充气城堡。如果你需要减肥的梦想,请在梦想里找到最能长期贯彻的方法,尽量找到一项你喜欢的运动,一种你喜欢吃的减脂食品。

无论多么辛苦,别忘了留点久违的心意。要像个孩子,稳定而幸福地前行。

28 被排挤的"钱袋"少女

【人们趋利避害的本能是从童年开始的,人们对集体的依赖性也是从童年开始的。谁也不想成为食物链的底端,于是不顾一切地把别人推下凶凶。】

2005年3月28日 星期一 晴

前几天,小倩请我吃一块很精致的月饼,看着精美的包装,我就知道一定很好吃。看过去油腻腻的,好像散发着一股凤梨味,可是我舍不得吃这么可爱的月饼,应该可以卖一个不菲的价格吧!我咽咽口水向陈英推荐,不料她以迅雷不及掩耳之势把月饼抢了过来,咬了一大口,然后津津有味地说让我两角钱卖给她,否则她就一口咽下去,无奈只好贱价卖给她。

我不知道是不是每个人在自己少年的时候就知道，有些人是生来注定要被欺负的。这种欺负说起来有点奇怪，大家虽然不说，却好像都心知肚明，同仇敌忾地对付着某个人。

我从来不了解排挤事件的当事人是怎样的想法，唯一开始对"排挤"有印象，是从小学时的"钱袋"小倩开始的。

小倩长得很清秀，眉目里透着点江南女孩子特有的安静气质。她是小学三年级的时候转来的，家境很殷实，父母是做什么的，我们也不太清楚。总之我们都知道她的父母不在本地，而她口袋里永远有使不完的钱。

那时候作为小学生的我们都没有自己的钱包，只有小倩有一个蓝白相间的花、画着小兔子的皮钱包。在我们还在从父母手上接过一毛两毛的硬币时，小倩已经开始有一整张红的黑的褐的纸币，长长的一张张摊开来，叠得整整齐齐地放在钱包里。

小倩不怎么爱说话，刚转来我们班的时候，老师让她站在台上跟大家打招呼，她低着头，半天都没能说出一句话。惹得好事的同学哈哈大笑，整个教室因为她的到来变得鸡飞狗跳。

她羞红了脸，站在讲台上半响说不出话来。陈老师安排她坐在一个空置已久的位子上，同桌是我们班一个好动的"小霸王"，第二节课就把她的笔盒全部推翻在地。

尽管她不说话,但所有人都很快发现了小倩很有钱的事实。

那时候我偶尔会和赵婷一起跳皮筋,小倩悻悻地站在一旁,急切地想要加入我们。

平时我们不带她跳绳,总说她跳得太差,这一回自然也不行。有赵婷在,谁也不敢提出这个建议。

被孤立的小倩苦苦央求:"能不能让我加入啊,我下课请你们吃好吃的?"

赵婷眼睛一亮:"吃什么?"

小倩见到有转机,立马靠过去表忠心:"只要能一起玩,吃什么都可以。"

那时候,同样是十岁的年纪,有人卑微成了一条狗,有人在趾高气扬地指点江山。以至于很久以后,我看到那些关于"校园霸凌"的新闻,第一时间映入脑海的画面就是小倩央求赵婷的样子。

很快,大家就发现了带小倩玩游戏的好处——有吃,有喝,有钱,随意使唤。

我们开始觉得这笔交易挺划得来。

那时候我们都缺钱,每个人都希望能够多点钱买自己喜欢的东西。于是小倩就理所当然地成了我们的"钱袋",赵婷出门从来不带钱,只对小倩呼一声:付钱!小倩自己就乖乖地跟上来，屁颠儿屁颠儿地把货款给结了。

女生世界的霸凌和男生世界的不太一样。男生可能会把弱者揍得狗血淋头，而女孩之间的霸凌却不需要动一根手指，大家都在一旁静观其变。

这像是一种时间漫长的凌迟。只要静静地等到你的耐心耗尽，等到你实在敏感到不得不去依附这段感情，目标就达成了。而女孩总是软弱地想要得到世界的认可。

本来小倩还可能随着时间推移慢慢融入我们的队伍，但自从大家领略了这种好处之后，这种可能性几乎成了零。一段以交换为条件开启的感情，是很难再摆脱这种交换的。

几个星期之后小倩的父母从外地回来，风尘仆仆地赶到办公室里找陈老师谈话。陈老师把小倩和赵婷都叫到跟前，邀功领赏似的对小倩爸爸说她们现在玩得可好了。

"你看，小倩性格很好，很快就在学校里交到了新朋友。小倩，是这样吧？"

小倩点点头，一旁的妈妈也长舒了一口气。

小倩有时会带着赵婷到家里去玩，小倩妈妈很高兴，每次都准备一堆的零食和水果给赵婷，让她在学校好好照顾自己的女儿，赵婷也满口答应下来。

之所以大家都知道这件事情，是因为赵婷每去一次，都会一脸艳羡地向我们描述小倩家的场景：她家有个衣柜，专门放置从美国进口的陶瓷娃娃。客厅里有个玻璃书柜，全部都是小倩获得的奖牌、奖状。

"可她的学习成绩并不好啊！"有人质疑。

"谁知道呢，她家里那么有钱，估计是买来的呗。"有人冷言冷语地说着。

赵婷用手捅了小倩一下："喂，你说你家那些奖状是不是买来的？"大家全部哄笑起来。

钱成为直接能够代替友谊的物质条件，人就会陷入一种周而复始的付出，终日步步为营，生怕有一天被抛弃了。

我印象最深刻的，是赵婷曾经想要15块钱来买当时流行的一种卡通占卜牌，当时小倩全身上下只剩下5块钱。

赵婷说："小倩，你是不是没有真心想和我们好了？你家不是有一个放零钱的小盒子，就放在你妈妈首饰盒边上吗？"

小倩刚开始不吱声，被逼急了就冲赵婷喊："可那是我妈的钱，不是我的，我拿了一定会被发现的。"

赵婷说："你去偷啊，你不会偷吗？以前你都偷过了，现在为什么不敢了啊！"

最后，小倩还是从家里偷出来15块钱。她每次出门时都在小盒子里拿几块钱，最终凑齐15块交给了赵婷。

赵婷很满意，在之后的日子里，我们就看到赵婷和小倩的关系时而亲密，时而疏远，像是一场旷日持久的拉锯战。

到了小学四年级，小倩不知道在偷了多少钱之后被家长发现了。家长找到学校来询问是怎么回事，小倩躲在父母的背后，怯生生地指着赵婷。

赵婷当然很轻易就躲过了，她说，我没有威胁她，也没有向她要钱啊。

小学快毕业的时候，小倩终于转学了，我们也不知道她将去到什么样的学校。

送别的那天，赵婷还真的红了眼眶，不知道她是舍不得小倩走，还是舍不得从今往后失去了金主。

29 "不够聪明"的孩子

【创意、技巧、方法……许多我们自认为很重要的东西,都是可以由别人传授的,是可以后天加以学习的。唯有坚持,只能靠你自己。】

2005年4月1日 星期五 晴

气死了!门口又来了个卖山楂的家伙,他扛着山楂串,红艳艳的,像是一串小灯笼似的。这可又是来"敲"扁扁的荷包来的,好像成心气我似的,那滚圆的糍粑,水灵灵的沙拉,香喷喷的牛肉,管它有没有苏丹红,只要一看见这些家伙,我的馋虫就来了。忍不住时,我也会买个尝尝,虽然花销甚少,可是一元钱是多么宝贵呀!我在公园受人辱骂了一天,也只有这么点钱啊,可它们却一个劲儿向这里靠拢,无论我用什么盾牌遮挡也挡不住美食的诱惑。这个星期,我掐指一算，我的1元2角钱又消失得无影无踪了。唉，卖山楂的，保佑你别再出现了！还有，山楂干吗做得那么好吃，害得"幽冥隔得断生死，隔不断我对山楂的深情"，哎哟……

"幽冥隔得断生死，隔不断我对山楂的深情"，看着这么可爱的句子，我忍不住对着日记本扑哧笑出声来。

从一开始，我就不是一个对梦想充满坚持的孩子。小时候学钢琴，母亲用毛笔在墙上的琴谱上写了一个大大的"忍"字，而我却还是没忍住练琴的苦，哭丧着脸求母亲把钢琴卖掉。

谁也不是天生的梦想家，我亦然。

十岁那年，我还是一个会被糖葫芦勾走了魂魄，在拾荒路上忍不住捡饮料来喝的孩子。即便是十年后的今天，我也时常遭遇难以抵挡的诱惑，并为此忧心忡忡。

梦想是望梅止渴，我却总忍不住急功近利地取一瓢近水。

那时我常常自责，拾荒的钱又被花费了不少，王一总是义正词严地教训我：

"项瑶，瞧你，老是这样，什么时候才能攒够钱呢？"

王一是个老实孩子。在所有人看来，这"老实"都不过是说得好听些的"不够聪明"。

小学一年级时的期末考，全班有一半的孩子都考了一百分，只有王一考了三十分，把教了二十多年书的班主任气得浑身发抖。

刚开始，大家都以为她是无心学习。后来发现，这个安静的姑娘永远都工工整整地誊写着沾满油星子的作业，就只能认为她是资质愚钝了。

她不仅成绩一塌糊涂，学起东西来也慢。下课后我们变着各种花样玩儿，今天跳皮筋，明天拍纸片，后天踢毽子。当王一好容易背熟了"小皮球香蕉梨"的跳皮筋口诀，我们早已开始踢花毽子了。所以在三年级之前，王一在我眼里，都是站在角落里眼巴巴张望着我们玩耍的人。

拾荒的时候，王一都是跟在我和阿彬后面，由我们决定地点，布置任务。假使我和阿彬不出来拾荒，她一个人绝对没胆量出来。

她让我相信，这个世界上有一种人，大概生来就是被全世界抛弃的失败者。

但她执拗，而且几乎是一种称为顽固的执拗。

我时常觉得，若有一天我和阿彬让她抱着疾驰的火车头不放手，她或许就真能死死拽着火车头直冲到哈尔滨去。

阿彬拿钱去买明星的贴纸和挂图；我买糖葫芦、买糖果和饮料；我们一路拾荒，只有王一紧紧攥着钱，没让它花去分毫。

初中毕业后，王一上了一所连考试都不用的中专。前几年我约王一出来见面,她在一家小小的公司做着文员,有了和她一般平庸的男朋友,过着舒心而平静的日子。

现在想想,我们或许都不如她更明白梦想的含义。我们自以为聪明,用了些小花招为梦想说了许多空话;而她,真的挂在疾驰的火车头上,越开越远。

30 竞争，竞争，还是竞争

【竞争一直是人类社会要共同面对的话题。因为竞争，所以要争取优厚的先天条件，培养审时度势的能力，由此便催生出了猜忌和背叛。但也因为竞争，我们才会不断拓出新的路。其实竞争不只是优胜劣汰，也是一种共同成长。】

2005年4月26日 星期二 阴

今天我心中又高兴又气愤，高兴的是，今天又挣了一块，鼓了荷包。气愤的是，我和王一辛辛苦苦攒下来的5个罐子不见了，这可是我们汗流浃背拾了一个星期攒下来的。我们因为害怕家里人骂，就把罐子藏在王一家楼下的箩筐中，本来想今天拿去卖的，哪知道就不见了，我们大骂那偷罐贼……嗯，一定是阿彬这个家伙干的！只要（有）她、小颖和我俩知道藏宝地点。而且最近阿彬和丹丹一起拾罐子，还卖报纸挣钱。还有，自从二维的座位搬到前面之后，每当有罐子，都第一个被这小妮子拿去了，我真的火（生气）得不得了。不过我觉得自己很颓唐（注：此处为误用），无端端去怀疑阿彬干什么呢？尽管我们猜想是她偷的。前几天，阿彬说她卖废报纸赚了4元2角。看着她沾沾自喜的样子，哼！指不定谁厉害呢！

　　后来我们又在路上拾了两个瓶子，还有王一从家里带来的3个罐子，我从上学路上带去的3个瓶子，还有我和丹丹在垃圾堆抢了半天抢到的4个瓶子，再加上别人没拿走的几个豆奶软瓶，风风火火地到了收购站。老板娘正在气头上，抛给我两元钱，我们欣喜欲狂。我第一次感到老板娘如此可爱、亲切、迷人、美丽，恐怕真正美丽的是一元硬币。

　　哎，我此刻的心情真可以引用一句诗句：东边日出西边雨，道是无晴却有晴。

　　我第一次了解到竞争的残酷，是在十岁拾荒的那年。刚开始只有我和阿彬、王一、二维在拾荒，后来大家见到有利可图，就纷纷开始了自己的拾荒之旅，比如丹丹和大宝。甚至连一些当初看不起我们拾荒的人，也纷纷加入了拾荒的队伍。

方圆几公里内能产生的废品也就那么多,来捡的人越多,我们的收获就越少。眼看着自己的收获越来越少,我怎么能不急火攻心?

人越来越多,就意味着竞争越来越激烈。饼只有那么大,怎么能容得下这么多人分食呢?于是我们就开始了旷日持久的争抢,那也是我第一次直面人与人之间的竞争。

本来大家都是公平竞争,可是突然有一天,局势被扭转了。二维本来和我们一样坐在教室后排,不知道因为什么原因就被调换到了教室最前面,享有得天独厚的条件,近水楼台先得月嘛。

每天谁要是往教室前面的垃圾桶里扔一个饮料瓶,二维就能在我们都还没发现之前,把它占为己有。这样到了放学时间,我们教室的垃圾桶里铁定没有瓶子了。而且二维离大门最近,放学后第一时间像一根离弦的箭一样射出去。等我们到楼下垃圾堆的时候,只能捡二维的残羹剩饭了。

我们多希望老师也突然把我们调到前座,可是老师并没有听到我们内心的呼声。

不过,时间久了之后,我们发现了二维的弱点。二维习惯"单人作战",不习惯团队合作。这让我们有机可乘,我们采取多人包抄战术。每节课下课我们都派一个同学跑去垃圾堆里扫一眼，把能捡的瓶子先捡回来，这样一来，每个人只要牺牲一个课间时间，大家就可以共享垃圾堆里的所有瓶子。我们每节课下课都去，这样二维下课的时候，就只能拾我们剩下的了。

当然我们也想了一些"歪招"，比如放学的时候让一个人缠住二维，问她一些刁钻古怪的问题，其他的人趁机先跑去垃圾堆。

我们放学前的最后一节课一般都是自习课。老师经常让我们把布置的作业做完，检查全部正确后就可以下课。二维只有一个人，经常交上去作业又拿回来重做，不会的题目做上好几遍还是没办法过关。而我们一群人谁要是有道题不会做，旁边的人马上给讲解，这样一来，大家互助，就能够很快答对后下楼。

解决了二维的问题之后，我们又产生了新问题——阿彬的"背叛"。

在此之前，我、阿彬、王一是一个坚不可摧的团队，我们从开始拾荒便一直共同成长。突然有一天，我们发现阿彬在我们的团队不再积极，她开始和我们班的另一个女生丹丹关系甚密，甚至好几次被我们目睹她们两个一起拾荒。

重新翻起毕业照的时候，我才发现丹丹是我们班上最漂亮的姑娘。白净的皮肤，微褐色的自然卷头发，尖尖的下巴。小时候不懂欣赏这种成人的清秀美，常觉得她"贼眉鼠眼"。而那时候，妈妈便形容她：人美则美矣，就是太命苦。

丹丹家住我家正对面，她的母亲原来和我母亲同单位，那时候就是单位里有名的一朵花。后来不知道患上了什么病，刚开始还能在阳台上坐着梳梳头发，后来就彻底瘫痪了。丹丹三年级的时候，她的母亲撒手西归。

一个心气儿极高的"厂花"，一夜之间，因病被随意"婚配"给了一个乡下人，趁病情还没恶化产下了一个女儿——这就是丹丹的出身。

当年的乡下人也就是丹丹爸爸，确实遵守结婚之初的诺言，诚恳认真地照顾着妻女。无奈没有文化也没有手艺，只能去工厂打工，被机器绞断了手指，无法再养活女儿，就把女儿送到了家境稍好的小姨子家。

小姨对这个外甥女倒是关怀备至，自己的大女儿都没有丹丹吃穿用得好。所以在我们这群小孩的眼中，丹丹特别幸福。她只要开口说要什么，小姨就马上给她，眉头都不皱一下，生怕她过得不如别人。丹丹嚷着要钱，小姨在牌桌上连听牌都不听了，马上把钱包都掏干净给丹丹。

妈妈常说："阿瑶，你多和丹丹玩，免得她寂寞。没有妈妈的小孩，是很可怜的。"

我总是不服气地顶嘴:"她有什么可怜!她小姨买全自动的笔盒给她,还集齐了麦当劳的全套儿童玩具,每年学校发的文具大礼包也都是给她!"

　　小时候,我觉得阿彬突然"背叛"我们,和丹丹在一起,是个十恶不赦的叛徒。长大以后,我慢慢可以理解了。选择更适合自己的、与自己有更多共同语言的合作伙伴,并没有错。

　　我和王一,在那个年纪,都还是没有吃过"大苦头"的孩子,我们还没有见到过这世界最差劲的样子,我们被各种各样的爱包裹得密不透风,不需要思考如何进行自我保护。

　　我不知道丹丹和阿彬是怎么相识的,竟在数天内超越了我与丹丹从小到大的情感。也许是在某一天,丹丹说起这寄人篱下的滋味,而阿彬正好懂得。也许是在某一天,阿彬正好说起家里活动不便的父亲,而丹丹能感同身受地接过话茬儿。

　　她们本来就是相似的人,更容易在内心里互相贴近。

　　人不可以在一棵树上吊死,如果感觉到与伙伴们观念不和,不如换一个环境。

　　人都是在变化中求生存的,要拥有随时离开别人,同时也要拥有随时让别人离开的能力。

　　谁也不要说亏欠谁。管理者不应该是用情怀捆住一个人,而要习惯用利益交换。情怀毕竟不能温饱,感情是有有效期和阈值的，不能过度利用。当合作者都开始离开你的时候，你应该反思自己的能力是不是低于预期，继而寻求一些转变，提供更有竞争力的条件和更有吸引力的氛围。

世界上没有两片一样的叶子，学会合作即是在生长环境不一样的情况下，培养起共情的心理。但那时候我自然没有考虑这么多，只感受到一种被背叛和欺骗，并为此深深难过。最后一节自习课，我给阿彬传了一个小纸条，用好几张纸包好，揉成团，偷偷扔到她脚下。

上面写着："你想好今天要和谁一起捡垃圾了吗？"

我一句话也不说地拍拍阿彬的肩膀，示意她低头捡小纸条。然后我就趴在课桌上，拿一本书做掩护，偷偷地看阿彬的反应。她捡起纸条，一团又一团地打开，看到那一行字的时候，她皱起了眉头，拿着纸条，迟迟没有回答。

我等得有些着急，心里开始翻江倒海地自我反省：虽然说这看似是阿彬脱离了我们，其实我们也没能够更好地包容阿彬。拾荒初始，小颖还没加入的时候，大部分的决定都是阿彬做的。我常常患得患失，像是得了"纠结症"，而阿彬的脑子很活络，大多数事情都能立即拍板决定。我们并肩作战，才能一起踏平路、过荆棘，走到现在。后来有了小颖，阿彬的作用就明显弱了，我们开始嫌弃她的缺点，也不怪她选择向丹丹靠拢。要是我早一点能这样想就好了！

我突然自责起来。

正想着,阿彬给我使了个眼色,让我看脚底下。我忐忑地把纸条摊开。

上面写着:可是我的速度比较慢,你们能等我吗?

我像捡到宝一样高兴,偷偷往她的方向看去,只见她转过头,与我相视一笑。

我突然觉得格外温暖,之前的不愉快好像在这一瞬间都烟消云散了。

做小孩真好啊,喜怒哀乐就像雷阵雨,过境之后了无痕迹。成人世界里的竞争更为激烈,有人因为一时的背叛而耿耿于怀,有人因为先天条件不如人而郁郁寡欢。可年少时的经验告诉我,竞争没有什么可怕的,它不过是在督促你变得更好。竞争过后,无论结局如何,是去是留,不要放在心上,该有的情谊依然在,隔夜的仇恨与嫉妒就随风而逝吧!

人的竞争力是在不断竞争中演化而来的,物竞天择,人只会与之相同的阶层培养起长久的感情,所以你要快一点赶上竞争对象的步伐,这才是面对竞争最好的办法。

被竞争激起的胜负欲,就是老天送给你最好的礼物。

31 经验的力量

【梦想的实现除了靠一个充满创意的头脑和坚韧不拔的韧性,还需要经验的积攒。当你在成功的路上勇往直前、但屡战屡败的时候,不如静下心来磨一磨手上的兵刃,补一补脚下的战靴。】

2005 年 4 月 30 日 星期六 晴

今天我可真得感谢小颖,如果不是这家伙,我和王一根本赚不了一元钱,但我们可是冒了很大的风险才赚来这一元钱的。今天早上,小颖就告诉我们她家楼上有一户人家过节喝的可乐瓶可多了,都抛在门口,我们就兴高采烈的(地)约好时间去拿瓶子。当我们气喘吁吁、汗流浃背地"狂飙"到小颖家,刚早(走)上四楼,天哪,这么多罐罐宝贝,我们欣喜若狂,正欲伸手去拿,忽然见到女主人板着严肃的脸,我们便以掩耳不逊（迅雷不及掩耳）的速度嗖的（地）缩起来，没想到这女主人还问我们是干什么的。幸好小颖早有准备，说了几句话，我们就疯了似的跑下楼。

过了一会儿，确定没危险了，她们便怂恿我上楼探探。我也不知道哪儿来的勇气，硬着头皮上楼，嘴倔得很，心里却扑通乱跳，我像个小贼似的伸头缩颈。OK！我深吸一口气，立即抖擞精神，朝楼下的王一、小颖挥手。

小颖盯着我，她的眸子里流露出对我"勇敢"的佩服。哼！本大侠出场，什么事儿搞不定？正在我飘飘然时，小颖出乎意料地让我去拿瓶子，然后交给三楼的她，她再去交给二楼的王一，然后立即脚底抹油般逃之夭夭。我真恨我这张嘴，害得我因为刚才的"侠骨道义"，无法拒绝。可这不是赶鸭子上架——强人所难吗？算了，反正死还有人陪着呢，一向胆怯的我只好装出一副大胆的样子，呼哧呼哧跑上楼。

我探了探，又往上走了两步，确定无人，快速滚了两个油瓶下去，又滚了两个矿泉水瓶与一个"第五季"（的瓶子）下去。然后我看见簸箕里还有两个大可乐瓶压在大玻璃瓶下面，我抽出了一个，那玻璃与簸箕碰撞的声音，连我自己都不知道多大！我着实吓了一跳，还好无人发现，小颖在楼下朝我呼叫："快下来，别拿了！会被人发现的。"于是我们一二三撤，一路狂跑至废品收购站。没想到那个大叔欺负我们年纪小，给两元就要打发我们走。我们毕竟是冰雪聪明的，才不会上他的当，我们虽然年龄小，卖废品的年龄可不小！最终把价提到2元4角。换了钞票后，我们就边聊边走了。看来，今天收入不错，可我们累得都要虚脱了。原来丰富的经验也可以带来财富。

　　总计：2.4元
　　分得：8角
　　另外：2角

　　十岁时还不知道"摸爬滚打"这样的词。这四个动词在我的小脑袋瓜中，不过是体育课上摔得"青一块，紫一块"的代名词。
　　摸过、爬过、滚过、打过，人生好像总要经历这四个阶段，才能将自己打磨成一套无往不利的兵刃。有人磨成了短刀，出手快准狠；有人磨成了弧弓，极目远眺，逐兽随草；有人磨成了斧钺，粗犷笨重，威猛刚烈。

　　我们刚开始拾荒的时候，都对这个行业毫无了解。我只知道，全家人会在报纸积累到一定程度的时候，叫废品收购车到家里收垃圾，那一块几角的钱，家里人也不计较，随便他拿了去。

一开始，我连哪些东西可以卖给收购站都不知道。我以为所有的废品都可以卖钱，所以除了罐子之外，我还捡了很多别人不要的小玩意儿。比如同学丢掉的扣子、沙子里淘出的发卡、埋在土里的玻璃珠子，后来听母亲说剪下来的头发可以卖，我甚至偷偷地剪了一小截头发。

可是这些废品收购站的大叔都不收，几次过后，我也甚感无趣，便不再捡罐子和纸皮以外的东西。那年头，我们的信息渠道比较单一，除了报纸就是道听途说，没有人来给十岁的我们普及关于废品收购的知识，我们能够依靠的只有经验。

在废品收购站待的时间长了，我们也慢慢地发现了一些端倪。

比如收购站的一角，总是会有些钢筋和铁皮，老板娘的桌子下面会有啤酒瓶盖子，纸皮里面会掺杂一些覆膜的有重量的胶版广告纸。

我们问拾垃圾的灰衣少年（当然，或许也是为了能有话题跟他搭讪）："为什么会有铁皮和啤酒瓶盖子？"

少年眨眨眼睛，告诉我们，钢筋和铁皮拿来回收是非常值钱的，如果我们有时间可以去废弃的建筑工地里淘一些。啤酒瓶盖子经常有兑奖活动，上面写着3角或5角的那些就可以拿过来兑换钱，那些在牌桌上喝醉了酒的大老爷儿们才不会去管瓶盖有没有中奖呢，都是成堆扫到桌下，我们可以找一找，或许一下子就能发现几十个呢！

于是我们得到了这一条"线报"。虽然现在看来价值寥寥，但对当年的我们来说，却像是价值不菲。

阿彬自告奋勇地说，从她家来学校的路上就有一块很大的工地，开发商拆了一半之后不知道什么原因不再继续，许久都没有动工，留下了几座搬空了的房子和一块工地。

于是我们决定去捡钢筋和铁皮。

经验不仅是重复劳动的叠加，而是在劳动的基础上更跃升了一个层次，带来了更开阔的视野，能激发更新的灵感。

工地打过地基，连夜下雨后淤积了一池的水，周围有拆除后还没来得及转运的砖头堆成的小山。看过去就像是一座延绵群山中间凹陷下去一个深深的大湖。

我们手脚并用，从侧边踩着砖头爬上去。脚下的砖头里都是很硬的钢筋，小颖试着拔了几次，发现这些钢筋都是紧紧被砖头包裹着的，牵一发而动全身，我们根本不可能把它们拔出来。

我们都有些丧气，阿彬也在旁边插话，说附近的收购车每天趁天还没亮就一趟一趟地往里面赶，现在看来能捡走的一些零碎的钢筋都被他们运走了。

"既然来了，怎么着也得把四处都找遍再走吧，输也输得甘心！"小颖说。

我们分开来寻找。拆房子的时候，是几辆铲车开进来直接把房子铲倒的，所以砖头堆里什么都有：砖头缝里夹着破布娃娃的衣服，砖头下面有压扁的印花脸盆，还有棉被、衣服，等等。

小颖看到什么都想往家里拿，拿起棉被抖一抖，心疼地说，这还能用呢。过了一会儿，阿彬又不知从哪儿弄出来一个包装完好还未充气的游泳圈，拍了拍尘土就要带回去。

王一发现砖头缝里有一节钢筋，不像我们之前看到的钢筋那么粗，似乎徒手就可以掰断。她试着扯了两下，钢筋略微有些松动，阻力并没有想象中那么大。我们三个马上追上去帮忙，一面手忙脚乱地刨砖头，一面把钢筋往外拔，一根光秃秃的钢筋很快就"出土"了。

小颖问："这个值钱吗？"我们都摇摇头表示不知道。之后我们又拾到一些钢铁边角料，一起带去了废品站。

灰衣少年远远见到我们就迎出来，接过我们的钢铁边角料称好。

"七块钱。"他语气平静地说，我们却像是炸开了锅。七块钱啊，这可是我们一周才能赚到的钱！原来这些丑陋的钢筋居然这么值钱呀！

"那么好的机会，可不要让二维、大宝她们知道！"阿彬第一个想到了，提出来，"钢筋本来就不多，如果再多几个人过来拾的话，很快就没了。"

我们约定好，每天下课后，各自出门，去不同的教室拾东西，然后在门口会合，一起去工地拾钢筋。

危楼旁的工地本来就是危险的地方，但小孩子不知道害怕，还觉得那是个嬉戏玩闹的好地方。有一次，我和王一爬同一侧，小颖和阿彬爬另一侧，为了省时间，我们分头行动。

突然，我们就看见小颖在对面"堆尖子"上连做了几个前滚翻后停住，阿彬在后面追着。我以为她们是在嬉戏打闹，便没有放在心上。

下来的时候，我们全都没在意。后来走在路上时，小颖轻描淡写地说，自己刚才在"堆尖子"上摔了一跤，我才恍然大悟，心里头突然就后怕起来。从我那个角度看，小颖的那个跟头已经翻到了堆尖子的边缘，再差一点儿就要从堆子上掉下来。万一掉下来，就会掉进相对距离接近三四层楼高的地基里，后果不堪设想，不是缺胳膊就是要少腿。我捏了一把汗，小颖却像个没事人儿一样，拍拍膝盖上的沙，大摇大摆地向前走去，两只小酒窝漾起，尤为可爱。

后来我们常常去废弃工地里拆钢筋，好的时候一次能赚二十多块钱。这二十多块钱在当时看来，真的是如同珍宝。

经验的力量，在那个时候就变得更加重要。

后期，我们几乎能够通过钢筋的粗细判断它能不能从砖头堆里拔出来，能够迅速地发现砖头缝里露出的一小块钢筋，能够用手轻轻一摇就感觉出钢筋是不是连着砖头。

我们也不能想象到，经验在我们身上持续发酵，居然能够酿出芳香。

随着拾荒的次数日益增加，我们和人打交道的经验也多了起来。我是个脸皮特别薄的人，到现在，出门还是时常不敢和别人砍价。店家卖多少，我一般都乖乖掏口袋。母亲说，大概是因为我平时甚少操持家务，所以在心里不识得他们的底牌，就只能乖乖认宰，还是差在经验上。

很多实用主义者总说经验没有用，创意才是王道。其实，经验的区分并不在于它有没有用，经验是一种内心的底气，能让你知道自己的定位，也知道对方的心理预期，所谓"知己知彼，百战不殆"。在拾荒的时候，我对每个废品的价格了如指掌，不需要神力相助，我也能够轻而易举地和收购方谈价格。一旦对方报出的价格达不到我的心理预期，我便能成竹在胸地与他争辩一番。

经历过拾荒之后，我再也不谈什么经验无用论。哪怕是捡垃圾这么简单的事情，都是有经验可循的。经验不一定可以帮你事半功倍，甚至有可能阻碍你前行的路程，但它真的会给你吃一颗定心丸，让你知道接下去的路至少有多大的成功概率。如果你脱离大概率而执意做小概率，你也能在遇到"瓶颈"的时候，因为清楚自己属于小概率事件而更加仔细地思考是否还应该进行下去，不至于不撞南墙不回头。

我曾经有个学长，是个白手起家的大学生，在毫无经验的情况下，调用一笔资金一股脑儿地砸进一个未知的行业里，企图成为这个新兴行业的老大。既不观摩国外的案例，也不参考身边的大数据，着急忙慌地妄下结论。

前期果然持续亏损，这被他形容成"放长线钓大鱼"。中期撑不下去了，他叫上女朋友入股，和他共同奋斗美好未来，美其名曰"夫妻本是同林鸟"。果然，最后亏得一塌糊涂。不仅"第一桶金"梦碎，还赔上了第二桶、第三桶金。

我并不是对这位学长不敬重，他创业的勇气令我佩服。没有经验当然有可能成功，但这样的成功多数是无法模仿的。缺乏经验让我们无法清楚地估计后果，不妨在事前多听听前人的意见，更好的是身体力行地在这个行业里摸爬滚打一阵。等你稍稍摸出一点门道，创意也许会比纸上谈兵的时候更加主动地滚滚而来。

32 催债小行家

【我们不断在解剖人与梦想之间的关系,同时也在解剖人与人、人与规则之间的关系。当我们谈人情的时候,请先坐下来谈谈规则。人情永远只是给遵守游戏规则的人的补充工具。】

2005 年 4 月 11 日 星期一 晴

今天小倩把抽奖的1元钱还给我了,明天我要向王云讨那两元钱。两元钱是我劳动赚来的水笔卖给她挣的。可能是最近去了春游,为了那几颗土豆,我身上带了一只跳蚤,痒死了。不过那7颗土豆应该也近乎6角钱了,没白搭!王云老说她没钱,气死人了,这个人没钱买什么东西?没(明)天再不还,我加1元利息给她尝尝!要是她毕业以后也不还,该怎么办呀?真担心。这几天上课分神了,因为如果上课不卖掉，下课就没人买了。我知道这样不太好，可是有什么法子呢？只好回家恶补。

今天还向英子借了一本《教师教学手册》，好好阅读了一晚上。昨天，英子给我两角钱让我帮她写一篇作文。我拒绝了，你未免太小看人了吧！就我这身价，就值这点钱？不过英子也蛮好的，她把我当好姐妹看，虽然她家是卖水果的，她每次有什么好吃的都回（会）给我，还很慷慨的（地）把东西借我。如果没有她的帮助，我也不会进步得这么快。当然！是互相帮助，瑕瑜互见，我的工作就是"考试时不遮考题"啦！让老师知道了可不好。

不过，总之一整天都很开心。

随着校园"买卖"的增加，我的小账本记得满满当当的，每每翻起账本便心旷神怡。但也有一件事，特别令我伤脑筋。

"小顾客们"的零花钱时有时无，为了多赚些钱，我提供了赊账的模式，结果小客人们都养成了赊账的习惯。追在别人屁股后面讨债，成为我的家常便饭。

人人都说"欠债还钱，天经地义"，这是小孩子都明白的道理。真到了催债的时候，却变得不那么"天经地义"起来。催债的过程中，这世界好像倒了个身子，欠债不还的人成了爷爷，出钱的人反而成了孙子。

催债是件烦人的事情，向熟人催债是更加烦人的事情。

我十岁的时候，每天因为催债，下课后要在课桌椅之间踱步半天，心里头总想着要用怎样一种折中的方式来讨债，才能显得不那么生硬又能够保存良好友谊，还能够促进之后的经营。

但十岁的脑袋瓜能想出什么样的办法呢，我只能每天下课都在欠债的人桌前晃悠着，找不到一句合适的话。几个月过去了，再讲起这笔钱，对方早已忘得一干二净，即使还记得，也装作忘得一干二净。

这样可不行！我后来就想了个办法，给所有欠钱的人塞纸条，纸条上写上欠了多少钱，限定几号之前归还。这方法倒挺好用的，白字黑字，欠了多少都看得明明白白。当面给他，还能确保他一定能看到。主动来还债的人多了起来，但是还有少数人收到纸条后会过来求情："项瑶，我妈妈最近都没有给我钱，你再缓一缓嘛！""项瑶，你上次卖给我的那样东西，在小卖铺里都降价了，我能不能按现在的价格支付。"

这时，我就会求助我的军师大宝。

大宝二话不说，拿着我的小账本，直冲到第一个人那儿去："还钱！"

"不是说好不催我了吗？"

我眼看着大宝要把事情搞砸，赶紧过去打圆场："是啊，我昨天说了可以稍微缓一缓,不用这么急着付。"

说完,我觉得自己的这番话让大宝没法儿下台,颜面扫地,心里感觉很过意不去,只敢斜着眼睛看着大宝。

大宝一点都不慌,开始"动之以情,晓之以理":"你也不能总把钱放在自己那儿,你不容易我们也都不容易,你攒了很长时间的钱,我们也做了很长时间才拿到这些商品。"

"钱一直在你手里,我们就没办法进货,进不到货我们就赚不到钱。"她接着说。

"可是项瑶当初明明说我们是好朋友,朋友之间不谈钱的。"对方说。

我臊得脸皮都想往地下扔,当初为了稳住顾客,都是打"友情牌",大家抬头不见低头见,闹僵了可不好。可现在,这些却成了打脸的巴掌。

大宝想了想:"情谊归情谊,要不这样吧,如果你明天还给我,我少收你3角钱,这够意思了吧!"

对方见大宝说话没有回旋的余地,也有感于大宝的"义气",第二天就把钱双手奉上。

我特地去感谢大宝,夸她催债厉害。

大宝撇撇嘴问我:"这不是每个人都会的吗?"

我有点羞愧地告诉她,我觉得很害臊,不敢开口。

大宝很不解:"你为什么觉得要回自己的钱是一件很丢

脸的事呢？"

"因为友情是不能用金钱衡量的呀！"我高声说道。

"那用什么衡量呢？"大宝说，"这是对的事啊！我们占着道理，就该跟别人明说，否则他永远不知道道理。"

对呀，太多时候我们都是被情感迷惑了双眼，却忽视了真正的社会规律。人们总是说中国是一个人情社会：谈生意基本靠酒桌，谈工作基本靠关系。有人情味儿的地域固然是好，但也容易被人情羁绊。

中国的人情特别奇怪，总有一些不符合规矩的"规矩"和不相信规矩的"规矩"。

我有一个朋友是律师，业务范围包括财产分配。她经常接触到一些棘手的案子，最近最让她糟心的就是这样一个案子：一男子早年过世后，留下了作为夫妻婚内财产的房产。除了分给女儿和妻子，房产还有一部分在法律上划分给了他仍在世的父亲（直系亲属）。当时，女儿碍于情面不去办过户，等到她爷爷去世后，女儿才发现她爷爷的那部分又被法律划分到各位散落在各地的叔叔伯伯那儿。一个简单的案子，就这样越绕越复杂。

律师朋友说，每段时间都会有这样几个哭笑不得的当事人。要是早点做公证不就没事了吗？

中国人最忌讳伤了人情。因为人情，"生死"这类的话不能当着老一辈的人说。因为人情，"未雨绸缪"的建议一定不能由他人提出，否则就像是诅咒别人多灾多难。无论是"婚前公证"还是"财产公证"，这些在西方体系里光明正大的东西，都好像是种诅咒。

其实就像借了钱的人不敢提还钱的事一样，很多时候，我们只是不敢跟对方说一句——这就是规矩！

其实对方的心里一定也明白，只是藏着掖着。等到有一天你因为自愧默默把这事掩盖下去了，他的目的就达成了。

做事情最重要的就是"合规矩"，"合规矩"的事儿就应该堂堂正正地说出来。人情可以在规矩之后考虑，就像大宝提出的折扣或是在其他方面给予帮助。

《红楼梦》里有一副对联："世事洞明皆学问，人情练达即文章。"意思是把人情世故弄懂就是学问，有一套应付本领也是文章。脂砚斋将此联评为"极俗"，我倒是不觉得，明白俗世的道理，继而根据自己的人际网发展出自己的一套处世体系。这样既守了规矩，不让自己吃"哑巴亏"，也不容易被人情伤到。

之后，我用大宝的方法来追债，效率果然高了很多。该说的话就第一时间说，有什么困难提出来，大家一起解决。"催债小行家"的名号就落到了我头上。

在催债这件事上,大宝说的话就好像生活的箴言。第一点,就是一定要有自己的底线,要就是要,不要就是不要,退一步就是退一步。不要中途变卦。第二点,就是不要拖延。不要碍于情面而迟迟不提,或者一直等待对方提出解决方案,等到时效期过了再提起这件事情,双方都尴尬。

迅速地提出合理的解决方案,"理"字当先,"情"字在后,才能有分寸地把事情办了。

这都是血和泪的总结啊!

33 节日里，我们卖东西

【梦想一定会让你舍弃掉一些东西。也许是对家庭的陪伴、对爱好的执着，也许是要用难看的工作服替代自己喜欢的衣服，要通宵达旦熬得眼通红。两全固然最好，但无法两全时，请不要抱怨，想想自己当初为什么走到了现在。】

2005年5月1日 星期日 晴

今天，是五一国际劳动节，对我来说也可谓是个劳动"节"了。今天，我们前所未有地挣到了4元6角。早上，我就和小颖在电话里约好与她一同到公园，一边拾罐子，一边卖我们的水球。约莫是两点十六分，天气还格外晴朗，丝毫没有阴霾的迹象。于是，我收拾好这三个月拾来的破小球——它们都是有奖射击后被遗弃的，整装待发。一个电话铃响，我们告别了《天地英雄》，挎包向楼下出发。今天《天地英雄》到了桂林乐满地，唉，其实，我何尝不想目睹桂林山水甲天下的风光，心疼死了。不料，小颖已在楼下等我了，我们先一同卖了我的报纸——好容易才攒到了一元钱卖掉。然后，徒步向老人馆"行驶"，我们才不会笨到用自个儿家的水来冲水球。于是，我拿出一个球，很顺利的（地）套在水龙头上。"开水龙头！"我一声令下，小颖打开水龙头，待到四分之一的水涨满后，我让小颖停下来。小颖用力往下一揪，扎好一个结后塞入袋子。

做第二个水球时，意料之外的事发生了——因为水龙头太大，气球没套准，我俩成了标准的落汤鸡。我们毫不气馁，依然谈笑风生地做着。也许是好伙伴之间有默契，我们配和（合）得十分好。可因为是拾来的小球，不免有漏洞，于是我们想方设法把洞扎起来，直到下午三点时，我们将众多的水球制作完毕，现场就好像刚刚发过水灾似的，我们浑身湿漉漉的，好像从井底爬上来的样子。

我们可没有半点松懈，反而以飞毛腿之速飞奔向公园。在路上，我们叫卖几次，无人来购，急得我们满头是汗。我们瞄准了一对母子，苦口婆心的（地）劝说了半天，那个大人才掏出一元钱，我们没有五角找零，于是她就全给了我们。

进了公园后，我们瞄准两类人群：年轻情侣，父母带孩子的（带孩子的父母）。对这些人要"严厉打击"！在路口处，我们失败了很多次，终于有个叔叔买了一个。后来我们又瞄准了两个小孩，大人执意不买，两个孩子哭哭啼啼地想要，大人无策，只好买了两个。不过还是失败的案例比较多一些，我们曾推捎（销）给一位大人，那大人有点动心，可小孩却很气愤地说不要。还有一次最搞笑的，我的（们）瞄准了一对坐在草坪上的男女，上前毕恭毕敬地试探："哥哥买个水球给身旁漂亮的女朋友吧！"那男生哭笑不得："她是我妹妹呀！"我们顿时语塞，只好脸色绯红的（地）溜了。

　　在走过林荫小道时碰到一对男女，女的似乎对我们的"产品"颇有兴趣。而男的一口咬定不要，我们决定对女生的弱点开张，小颖忽然硬生生地冒出一句："姐姐看样子好喜欢的，就五角钱。"那男的也不好拒绝，只说了一句："小丫头很贼，嘴这么厉害，把人都说怕了。"我们还卖出一对严重"畸形"的小球——两个连在一起。买的人是一对爱得无法自拔的情侣，一听那叫"心连心"水球，当即掏钱买了。我们还遇到了一个老爷爷，真厉害，一下子用五角买了两个，真是"强中自有强中手"。今天我还把"金枝玉腿"刮伤了，可疼了。半路下起暴雨，不被雷辟（劈）死，侥幸啦！

2005年6月1日 星期三 晴

今天是六一儿童节，阳光明媚，天公作美，我的心情自然而然的（地）雀跃起来。不过正因为如此，今天的车费暴涨到两个钢镚儿，我还是决心赌一把。

我和王一、小颖冒着炎炎烈日买一包商品，坐车去六一儿童节免费为儿童开放的动物园。一方面我们可以看看久违的动物；一方面，我们决定兜售一些小商品，赚足来回的路费。

我们带的商品共46元，有笔袋、首饰、钱包等物品。这些物品没有一件是用钱买来的，除了我冒着烈日、从小店铺门口拾的，还有参加游园时辛辛苦苦攒的。

我们怀着不安的心情进了动物园，陆续推销给两个"客户"，人家都不稀罕。

还是小颖有功夫，大大方方地推销了不知道多少个，我们就像旁观客一样看着小颖一户户的（地）推销完。可今天来的人似乎都有些爱多管闲事，这个问这，那个问那，害得我们不得不绞尽脑汁想出一些自圆其说的答案。小颖一路走一路推销，我们跟着她一路走一路看她推销。刚到亭子中央，有一群游览的人，我对这群"爸爸级"的男人可是十拿九稳，可小颖爱出风头，转眼间就推销出3个哨子，赚了1元5角，再加上王一拾的几个瓶子，约莫1元8角。

小颖又看准了一对穿舞衣的姐妹花，可任凭她苦口婆心地劝说，她们的母亲也毫不心软。最顺利的要数我推销出去的假金戒指。我们在海豚游览室门前遇上了一个漂亮的小妞，穿着靓丽的白纱裙，皮肤上淡淡的胭脂点缀，我迎面道："阿姨，小妹妹今天打扮得很好看哇！"我见那位阿姨听闻心花怒放，于是趁热打铁，噼里啪啦像机关枪似的念了一大串。那位阿姨让小妹妹自己选，就选了这只蝴蝶的假金戒指。

当然被人缠着也是很烦人的事，特别是像我们这种"无证营业"人员。在休息区内，我们就遇到了这样一个烦人的家伙，那个中年女人牵着个小女孩，小颖迎面追上去，那个胖女人斩钉截铁地说不买。不买就不买嘛，没想到她还真很（跟）小颖聊开了。"什么学校？""……""叫什么名字？""……""小小年纪干吗干这个？""……"

我刚刚被"一头金毛狮王"（染金发的人）谢绝，看见小颖又找到了一个咄咄（喋喋）不休的女人，赶紧上前解围，没想到这个女人不依不饶的（地）说："你们说你们哪儿来的？"这时王一正好过来，随几（即）答应了一句："洋……"我们示意她别说，王一连忙闭嘴。那个女人钉钉板似的叽里呱啦的（地）唠叨了一番，像一位年逾半百的老教师教诲学生一样，又像一位老僧对和尚的谆谆教诲，还像那唐僧对孙悟空念紧箍咒，哼，她是我们的谁啊！又不是俺娘又不是俺爹，莫名其妙碰上个爱教训人的，真不是好运气。有幸的是，竟没有被一旁的郑雨看见，她向来是瞧不起我们的。后来我、王一、小颖以2∶1∶1的比例把钱分了，最终获得4元8角。至少这一天努力除去车费赚了8角，可……唉，满足吧！

前一段时间在看一档真人秀节目，节目请了十位不同年龄的女明星一起深入不同的行业，体验特定人群的生活。演员这个行业，就像游牧民族，每天睡在不同的地方，每个地方都能当成是家。

节目里，一个青年演员说想家了，另一个更资深一点的演员马上嗤之以鼻，随口安慰了几句，大意是，艺人就是没有假期的工作，没有的东西，干吗去想它呢！

这世界上，唯有自己对自己的同情最是无用的。面对没有的东西，我们有两条路可以走。一条路，是你想着去争取到它，让这种"没有"成为一个空水杯，可以去承载更多。另一条路，是你发现自己失去它才可能有更大的拥有，就像丢了芝麻才能空出手来捡西瓜一样，那就干脆接受这一种缺失。

就像那位资深演员说的，没有的东西，干吗去想呢，它就是一个空杯子，是为了盛住你更好的未来而存在着。最怕的是你嘴上说着"梦想可贵"，私下却对自己心怀怜悯，觉得生活欠你了二两黄金。

赚钱的日子里,我们几乎没有节日。越是节日,才越是钱财满钵的时候。

刚开始的时候,每到节日还要出去拾荒,看着公园里的人潮就会有些难过,写在日记里的都是"我多么想来过这个节日啊",到后来也便不提了。我开始明白,梦想所应对的付出都是不足以挂在嘴边的。偶尔提提,聊以自慰,太频繁地提起,就实在有些矫情了。

自从发现节假日可以把平时积攒的小东西拿去公园里卖之后,几乎每个节假日我们都在公园里卖东西。有时候摆摆地摊,有时候直接拿着一大包东西挨个儿叫卖。

我们不懂什么地方可以摆摊,什么地方不允许摆摊,所以经常被城管撵着走。后来我们就观察哪里有小摊贩集中,我们就凑过去。有些小摊贩认为我们是在抢他们的生意,就执意要把我们赶走,不让我们在他们的圈子里。这时候就有小摊贩出来说:"几个小姑娘也不容易,让她们摆摆也不碍事。"特别是那些上了年纪的小摊贩,尤其心疼我们,把我们拉到他们身边摆摊。让我们躲在他们撑起的大伞下面,有客人过来的时候,还叮嘱他们照顾我们的生意。

印象最深刻的一次,是五一长假的时候,我在公园门口摆摊,仅仅一个下午,就吃了一个红薯、一串糖葫芦、一串烤面筋,都是摆摊的人免费送给我们吃的。

后来我们就不甘心仅仅在公园门口摆摊,有时候也在节假日去购物广场四周摆。刚开始我们在购物广场里摆,保安先是跑过来驱逐我们,我们赶紧换了一个地方,但还是在购物广场附近。过了一会儿,又被巡逻来的保安发现了,大声地呵斥我们,我和阿彬赶紧拎起装商品的大包跑,我紧张得兜不住手里的东西,一边跑一边掉。阿彬就跟在后面,一边跑一边捡。小颖殿后,负责缠着保安理论。不知道跑了多久,跑过了一座天桥,到了对面的车站。我们赶紧在路旁蹲下来,盘点商品有没有丢。

幸好,似乎商品都安然无恙。我们在车站后面看到了一整排的小贩,我和阿彬决定:"来得早不如来得巧",不如就在这儿安营扎寨。

我们的小摊支起来还没一会儿,就遇到一个凶巴巴的"地头蛇"。他眼睛通红,像是要吃人的豹子,上半身脱了个精光,胳膊上有刺青。"地头蛇"问我们为什么来摆摊,我们吓了一跳,原来小说里写的那些"占地收租"都是真的。小颖从后面追上来给我们解了围,主动和人家坦白自己是要来摆摊的。对方一脸凶相地怒斥我们:"哪个学校的?"小颖也不怕生,就一五一十地回答了。

"别在这儿摆,要摆上别处摆去!""地头蛇"骂骂咧咧了一阵子，然后转过身来，对另一个卖鸡蛋的小贩耳语，让她带我们去车站的另一侧。卖鸡蛋的是个老妪，走得奇慢无比，我们就边走边聊了起来。

"刚才那个人是不是很凶？他是不是收了你很多钱？"我问。

"他？他是我们这儿领头的，在这里开了个肉铺。"

"那他是坏人吗？购物广场本来就是大家都能去的地方，他凭什么在这里收费？"

那老妪笑了笑："也不能这么说，他是管我们这儿的，抽一点钱，但也帮我们做事。街道要来检查的时候，他第一个打探到消息就告诉我们，我们就不用白白出来摆一天的摊。场地被挪用或是下雨天不能摆摊的时候，他也会通知我们。给钱不要紧，要事情做得好，值这笔钱，我们也省心一些。"

小颖偷偷地附在我耳边说："这个人大概是坏人的手下，所以才会替她说话。"我也深以为然。

结果到了摆摊的地方，我们又问了周围的小摊贩，他们口径一致，都说"地头蛇"是个好人，就好像事先串通好了一样。

过了一会儿，"地头蛇"来了。我定睛一看，才发现他其实长得没有初见那么凶，浓眉大眼，许久未剃的眉毛竟有些仙家的风范。

他拿着一个竹条编的小板凳就在我旁边坐下了，一大坨肉压在一只小板凳上，活像是一只陀螺。

"来，我看看，你们这卖的是啥？"他随手拿起我们的商品。

"别动啊！"我一时紧张便喊了出来，喊完之后又深感后悔，真怕他被惹怒了，一个耳刮子打上来。

"嗯。"他鼻子里发出一声沉重的喘息，"以后别来卖了，还是在家好好读书。我当初就是没有读书，现在想读也没机会读了。所以我就告诉我的女儿一定要好好读书，你爸再怎么穷也要供你上学……"

"你有……女儿？"我怯怯地问。

"哈哈哈。"他干笑几声，"当然。她和你们一般大。"

"这儿有树荫，太阳小点儿，所以才把你们叫过来。"他对我们说完，扭头对附近的小贩交代："你们照顾着她们点儿。"

说罢，吁叹着，背着手慢慢走远了。

这时候我才发现，自己对于生活的理解竟然如此狭隘。"收钱办事"一定是件坏事吗？"收钱办事的人"一定是个坏人吗？不一定。就像老妪说的，或许他值这笔钱。

节日对我们来说就是最不平凡的日子，我们在节日里遇到过形形色色的人。有人会在夏日的街头驻足，给我们买一瓶饮料；有的老人会掏出身上的小零食分给我们。

不仅是节日,为了梦想要抛弃的东西更多。但选择所爱,有所牺牲,并不是一件值得自怨自艾的事情呀!有路可走,有目标可逐,相比于走错方向而郁郁寡欢的人,本就已经是幸事。

有句话说,身体和心灵一定要有一个在路上。不要让身心俱损,元气俱伤,如果身心都在苟延残喘,这样的梦想不要也罢。既然选择了,不妨给自己一颗定心丸:理解选择所带来的牺牲,坚信选择所带来的未来。

自己和自己过不去,是多么不划算啊!

不要去想本来已经不属于自己的东西,挖掘自己已经拥有的。心思恪纯,姿态灵巧,方能得始终。

34 最后的礼物

【说了这么多关于梦想的事,到了最后我想给你们泼个冷水——梦想不一定都能实现。或许当你实现了第一个梦想之后,还没来得及欢呼雀跃,就会有无数个困难接踵而至。但这又有什么关系,人生不就是在梦想的诞生、破灭和实现中周而复始,直到结束的吗?】

2005 年 6 月 30 日　星期四　晴转小雨

对我来说,今天真是双喜临门。这喜从天降,能不开心吗?一喜便是这次考试成绩,虽然并不能跻身年级(前)三名,但是对于 97/99/99.5 这样的成绩,我满心欢喜。后来得知这三科成绩排名班级第二,我欣喜若狂,但我告诉自己不要飘飘然,因为我这个人十分容易骄傲,俗话说,"骄傲使人退步"。二喜比一喜更令人手舞足蹈,那就是,今天我从王一那儿又赚了6元3角钱,这能不让我兴奋吗?

沈涛翻遍了一百多页的日记,却怎么也找不到结尾的那天。

他难以置信地反复翻找,最后操着那口大碴子味儿的普通话说:"老妹儿啊,你这日记咋有头没尾,跟瞧了个恐怖片儿似的,等了40多分钟,啥血赤糊拉的镜头都没有。"

他说:"现在我明白你为什么不是一个好编剧了,写个故事居然连个浓墨重彩的结局都没有。"

月牙白了他一眼说:"沈涛你知道什么?这叫留白。"

过了一会儿,月牙轻轻地说道:"但是我还是想知道故事的结局。"

在端午节的横店,我带着微醺的情绪仔细回想着:这本日记的结局是什么呢?

所有的故事都要有结局吗?一个百折千转的爱情故事终会迎来花好月圆夜,一个骨肉离散的伦理剧情定会欢喜大团圆,沽名钓誉的商业争斗故事定会迎来大快人心的恶有恶报:生活若是这样子,就太像一个故事了。

我、沈涛与月牙,还有以追梦为名在外漂泊无根的数万游子，有多少能在最终得偿所愿，又有多少继续蜗居在三百块钱的出租屋里深夜痛饮？

许多梦想，都是"春梦了无痕"，时光渐老，做了心头的朱砂痣。

十岁那年，我拾荒将近一年半，写了一百多页的日记，遇到了许多人，学会了很多事，一共赚了188块5角钱。

在我十岁快结束的时候，父亲的事业突然急转直下。那天我拿着188块5角钱和那本日记递给母亲。

没有仪式，甚至没有礼物，但母亲哭着拥抱了我，她呜呜咽咽地向我倾诉着未来可能发生的一切。而我多想告诉她，对于即将到来的未知的一切，我并不害怕。

那天我没有哭。

我已经是个大人了。